JN190146

ジジイの言い分

松崎 菊也／マンガ・ワタナベ ヒロユキ

本の泉社

目次

ジジイの言い分

液晶画面をどうめくる？

スーパーで、老カップルが買い物をしていた。レジでババアが支払いしながら、ジジイへ「先に品物レジ袋に詰めといてよ」で、おニューのレジ袋というやつは開口部がペッタンコにくっついていて開こうに開けられないんだ。

ジジイのほうは不器用が服を着て歩いてるような男で、身体の末端まで水気が回らずに、指先なんざカサカサに乾いてる。コエンザイムもヒアルロン酸もババア専用でジジイにゃ縁遠い。セルフ袋詰め台で、なかなか口の開かぬレジ袋にジジイは悪戦苦闘している。

さっさと支払いを済ませたババアに「だから何してんのよ、どうしてこうなんだろね、あんたってヒトは！」とか雷を落とされかねん。

いよいよ焦って、さてどうするか？　と、刺身やなんかを入れる薄いポリ袋の巻物の隣に、湿った布巾が置いてあるのに気付いた。そうか、これは台が汚れたのを拭くためのものではなかったのか、つまり、こいつは昔、郵便局の窓口にスポンジに水を含ませたのが置いてあったのと理屈は同じだ。

　ジジイ湿った布巾にチッと指先を湿らせてから開けようとすると、支払い済ませたババア駆け寄って、

「駄目よ、誰が触ったか分からない指で！」

　そう言うと、自分の人差指と親指を舐めてレジ袋の口を開けた。

　おまい、そういうことをするのかい？　スーパーだぞ。ワゴンの取っ手や篭の柄や特売品の豚肉パックや、手当たり次第触りまくった後の指だ。連れ合いの衛生感覚を罵っておきながらてめえはなんだ？

　年寄りどもへ。本のページめくったり札を数えたり、そのたびに指を舐めるのはよせ。病院の待合室に置いてある雑誌を指舐めながらめくってるババアなんぞ、勝手にウィルス感染して果てるがいい。

　オレはそんなきたならしい真似はせんぞ。どうだ、雑誌なんざ今じゃこの、電子書籍、たぶれっとちゅうやつで読んでおるんだ。便利なもんだろ、ページをめくるんだってホレ、ホレ、このとおりピッと！

（指を舐めて）タップすりゃめくれる。

【都々逸】

液晶画面を
理解してない
指先なめて
めくる癖

言わざるを得ないと言うな

ある夕方、スマホをいじってばかりで、両目が真ん中へ寄って戻らなくなってる若えもんに言ってやった。

スマホばかりいじりまわしてないで、ヒトと話すときはこっちを見ろ。なんとか言え！

「別に」つったな。

そういう優柔不断なクソガキが多いからこの国が停滞しておるのだ。

「いんじゃね」とはなんだ。いいか悪いかの決断をしろ。どっちでもいいと思ってるおまえのようなアホが増殖すると、未来はろくなことにならんと思え。なんとか言え！

「うぜえ」とはなんだ「うぜえ」とは！

「うぜえ」とは、そりゃ、なんだ？「うぜえ」の意味を説明しろ。

だから、あくびをするな無礼者！　年寄りの話は聞くもんだ。

……どうもおまえらにゃ、キキイシキとゆ〜もんがない。キキイシキを持て。

キキイシキ分かるか？　だからこっちを向けと言うに！

まあいい、落ち着け。

「あんたが落ち着いてないじゃないっすか？」

おまえらがアホ過ぎて興奮しとるだけだ。これ以上俺の血圧を上げるな。

いいか、よく聞け。アホとホンモノを見分けるコツを教えてやろう。

「現状ではその提案に同意することは出来ないと言わざるを得ない」

……「言わざるを得ない」などと言うやつはアホだ。「反対だ！」となぜ言えんのだ！

「言わざるを得ない」ということは、「言いたくはないけれども、この際、自分の立ち位置もビミョ〜なんで、決断することは、できかねると、渋々ながら言わないわけにはいかない」ということだ。アホはこういう言い方をする。

「言わざるを得ない」などとごまかしてるやつが生きてけるほど世の中は甘くない！

「言わざるを得ない」などと言うやつに未来を任せることは断じてない！

と、おまえらを見ていると、言わざるを得ない。

言わざるを得ない
言いたくなきゃ
言わなくていい
黙ってろ

字が消せるボールペン

飲み屋で、上司が部下に説教垂れていた。

「おまえ、発注書を『字が消せるペン』で書いたな」

新入り「やっぱやばいっすか」

「そのやばいっすかやめろ」

新入り「……」

「……まあ飲め。ほかの連中よりは、若いやつの気持ちは分かってるつもりだ。こう見えても、履歴書を『字が消せるペン』で書いてきたやつを擁護した」

新入り「マジすか！」

「マジだ。そのマジすかもやめろ、やばいっすかマジすかヘドが出る！　まあ飲め。大切な履歴だから、間違ったら消して書き直す。それも分かる。シカシ！　消しゃいいと思ってるその根性がよくねえんだ。まあ、消せるペンは便利だよ。しかし、自分の失敗をリセットするな。失敗の経験は消えないんだということを自覚しろ。消えない経験を積み重ねて、あの人はいい仕事しますねえ、さすがですねえ、言われるようになるもんだ。分かったか！」

「ちぇ～す」

「ちぇ～すをよせ！　オレは将棋派だ！」

反応しない部下にとうとう業を煮やして、

「店長！　おあいそ」

と財布から金色のカードを出した。店長が伝票を差し出すと、上司は懐から『字が消せるペン』を取り出した。ふふっと笑い、「オレだって使ってんだ」とサインした。

店長が「消せるペンでカードサインはお断りしてるもんで」と胸からボールペンを差し出した。上司はめんどくさそうに、消せるペンの反対側の消しゴムで字を消してチャッチャと手で払い、ボールペンで上書きした。

新入りが笑って言った。

「カス、出ないっすよ」

字が消せるペン
昔の癖で
消してついつい
カスはらう

試着室で穿くモノ
ウチの孫娘 何たら言う デカい遊園地で働いてんだ
ほれ、千葉の…マンガのネズミがいる……
ぴくく
ほー
ジイサマ今そこはテーマパークっていうんだ
ねずにーらん
で切符のモギリでもやってんのかい?
だからなぁ ジイサマ、モギリじゃなくてチケットコーディネーター
ぎりぎりぎり
いや何か出しもので踊ってるらしい
踊り子か?
ダンサーと呼んでよ失礼な…だと
踊り子ってアンタ SKDかよ ストリップ小屋かよ
どんな踊りやってんだ?
山車の上で手え振ってるそうだ
山車って例のアレだよなぁ
辛抱堪らん!
山車の上で手を振るってのは
今じゃフロートの上でグリーティングするっていうらしいですな
ほーへー
くるっ
云ってて腹ワタにえくるわ
フン
戦時中にゃ敵性言語とか言って禁止したくせに
今じゃ敵性言語だらけじゃねーか

あの日は服屋の試着室がいっぱいで商売にならんそうだ
今は「ショップのフィッティングルームが空いてねくね」とか言わないと
若いもんに置いてかれますからな
こっちの脳味噌が沸点グってかぁ？
○○さ～ん お薬の用意 出来ました～
ムーン
はっ
はっ
はっ
もうすぐ お薬 御用意 しますね
どうも歳を取ると軟弱な横文字に付いていけん
お風邪ですね
げぼごほ
上の孫なんざその試着室で買うかどうかパンツを穿いてみるらしい
サイズを見りゃ分かるだろうに
パンツまで穿かせる店も店だと思いませんか
パンツってズボンの事らしいですよ
今どきのガキャ発音もね パンツじゃなくて
パンツ
まぁアンタも歳を取ったら片意地張らんことですな
ウインウインのトップセールス？早い話が「落穂拾い」
ケッ。

ジイサマの会話は勉強になる

ある朝、公園のベンチでジイサマ二人が大声で会話していた。

「しかしひでえなロシアも。グルリヤを乗っ取りやがった」

グルリヤじゃなくてクリミアだろうと思うが黙って聞いていた。

「グルリヤちゅうことがあるか、そりゃグルジアだろ」

「今はグルジアと言うとグルジアのやつが怒るらしいとニュースで言ってた」

「グルジアじゃなくて何だ？」

「ジョージアと読めってよ」

「どこにあるんだ？」

「ジョージアだからアメリカだろ」

「コーヒーが採れるとこだな」

「なんせロシアが乗っ取ったんだ」

「じゃ、ロシアがアメリカに攻め込んだのか？」

「昔から仲が悪いからな」

「ずっと仲が悪いからなキューバしのぎ以来」

「そりゃキューバ危機だろ」

「なにしろ、長いことクロバトキンと仲が悪かったんだ」

「クロネコヤマトと仲が悪いのは、郵便局だろ」

「そうだそうだ。だから文句言ってやりゃいいんだ、そろそろ仲裁してやりゃいいんだ、佐川急便とか間に入ってな」

　ジイサマの会話は勉強になる。ああはなりたくないもんだ、あっはっはと女房に笑ったら、

「で？　クロバトキンって誰？」

　それはだな、それは、クロ、サワアキラの友だちとかでは、ないかと、踏んでいるが、定かではない。あっはっは、だから、そういうオレもそろそろ、似た者同士、ま、五十歩百歩だぁな。

　女房「そんないいもんじゃない、目くそ鼻くそよ」

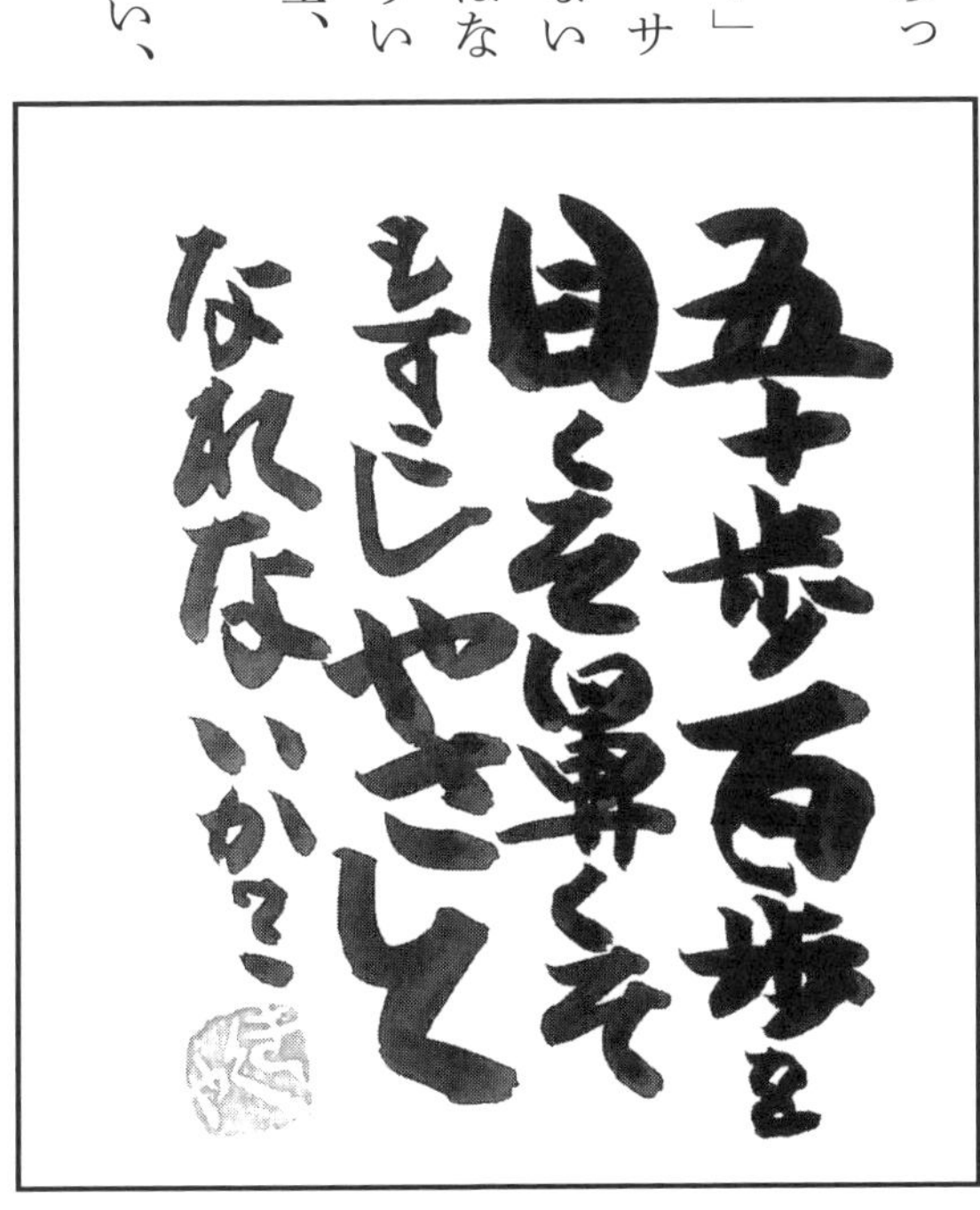

厚化粧めが！　と言わずにこらえる

ある昼下がり、オヤジ俳優が自転車で日本全国を旅して回る番組で、昼めしどきに食堂へ寄ると、隣の席に座ってたババアどもに、

「あら〜〜、テレビに出てるわよ。だれだっけ、ホレ？　初めて見たわよ実物を。こういうのが来ると女はコロッと参るのよ！」

オヤジ俳優、たまらず小さく、

「こういうの？」

ババアは、少しも引かずに続けた。

「こういうのよ。こういうのが女を泣かすんよ」

ぎゃはははと笑うババア達。

派手なフレームのメガネで土手鍋のような厚化粧だった。ババアはのっけから機関銃のように喋って返事をする暇を与えぬ。

常日頃から先手必勝でドドドド、ジジイどもに同様な無礼千万の言葉を投げつけておいて、相手の名前さえうろ覚えなくせしやがって「こういうの」だぁ？

あんまり連発するから危うくスルーしそうになったが、もうひとつ人を人とも思っていない言葉があったぞ。

「初めて見たわよ実物を」とはなんだ。ジジイはモノか？　すっこんで口濯いで出直して来やがれクソババア。と言いたいところをグッと奥歯でこらえてやった。

性懲りもなくあとからあとから、一言多いババアが街頭インタビューで言った。

「そろそろうちのダンナも減価償却だわよ」

一緒にいた別の厚化粧が、「そうよねえ！」と大きく頷いた。

長年の連れ合いをモノ扱いしたうえ「減価償却」だト。

見も知らんババアに、そこら中の植木鉢やら団子屋の暖簾やら湯呑茶碗やら一切合財を投げつけてやりたい衝動に駆られるのはこういう時だ。

男はな。「げん……」まで言って、グググっと奥歯でこらえて「なおしに旅行でも行くか？」ぐらいの軌道修正をするんだ、ケッ。

減価償却に男も女もあるかい！

おれもおまえも
減価償却
更地にせねば
値も付かぬ

ヒャクトウバンじゃだめなのか？

路線バスに乗ったら車内放送でおねえさんが言った。

「電話による悪質な勧誘が多発しています。一旦電話を切って最寄りの国民生活センターに電話して相談しましょう」

なあ、おねえさん？　その国民生活センターって何番だ？　それを独居老人にネットで調べさせるのか。年寄りはネット社会から置き去りにされとるんだ。おまえもそうだろ？　なめるなよ。俺は「パソコン通信」の時代からネットと付き合っとる。プロバイダと千枚田の違いぐらい分かるわい、放っておいてもらいたい（だから放っておかれるのだが……）。

そのネットで国民生活センターのページを引っ張り出すと冒頭に「国民生活センターを名乗る不審電話が増えています。注意しましょう」だト？　被害現場はジジババの電話口だ。最寄りの電話番号を一人暮らしの老人の電話の横に大きく貼るシールを作って、それを役所の職員が年寄り世帯を回って貼ってやるのが福祉ってもんだろう。市民に寄り添うとはそういうこった。

夕暮れどき、ニュースのおねえさんがテレビで言っていた。

「わたしは騙されない」

おねえさんは若いから騙されねえ。騙されるのはあんたよかずっと年取ったジジババだぁ。

おねえさんは続けた。

「『警察署ですが』という電話が掛かったら詐欺かもしれません。一旦電話を切って最寄りの警察署に電話して確かめましょう」

だからおねえさん、もっぺん言うぞ。年寄りに電話番号を調べさせるな！　詐欺かもしれないと言うなら、そりゃ犯罪だろ。犯罪ならヒャクトウバンじゃダメなのか。

で、で、年寄りは言うぞ。

「ヒャクトウバンって、何番だ？」

そういうときは一旦電話を切って、１０４で聞きましょう。

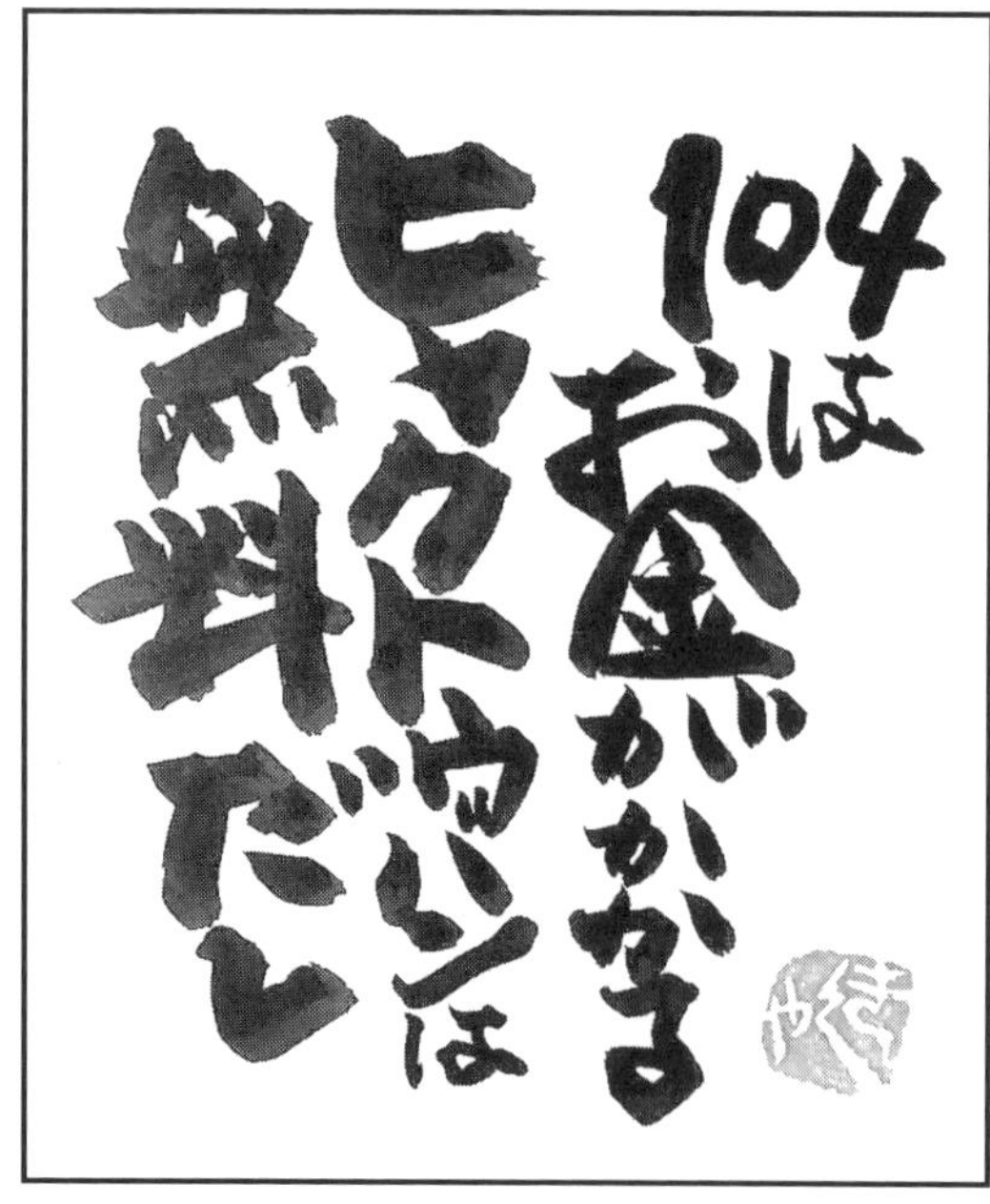

風呂に入るとパブロフの犬

風呂に入ると毎日同じ記憶がよみがえる。まず、中学の音楽の時間に歌った「♪松島〜の、さ〜よ〜ず〜い〜ガンジ〜ほ〜ど〜の〜」を思い出し、松島とはガンジーが作ったんだと思い込んだ記憶も一緒に引きずり出る。

それから……、不意に「モヘンジョダロ」という字を大きく黒板に書いて振り返りざま社会科の教師が「お便所だろじゃないですよ」と言って教室がワッと沸いたことを思い出す。(モヘンジョダロってなんだっけ)

次に……、タハラ先生という学年主任が「ボクは富士山にいっぺんだけ登った。記念になるようなものを残して来ようと思って、ウンコをしてきた」と言って教室がワッと沸いたことが連なる。(タハラ先生のウンコは富士山のてっぺんから沁み込み、天然水の源になったろうか?)

次に……、「コトパクシサン」という言葉が不意に浮かび上がる。それが『中1時代』だかの付録『なんでも世界一』という小冊子に書いてあった、という記憶も一緒に連なる。(コトパクシサンってなんだっけ)

次に……、「コトパクシサン」と「リュウカクサン」は似ているが、永六輔さんが「咳声喉にリュウカクサン」と言っていたのに声はやたら嗄れていたな、と思い出し……永六輔さんは「リュウカクサン」じゃなくて「アサダアメ」だったと引きずり出る。

ついに……頭に、どっかできいたことのあるメロディーが浮かんだ。

♪チャンチャカチャンチャカチャンチャカチャンチャカ、チャンチャカチャンチャ、チャンチャンチャンチャン。

風呂の外で髪を乾かしている女房が反応する。

女房「テトリス」

——違う。そんな名前じゃねえ。

女房「ゲームの曲だよ」

——いや、フォークダンスだ。

女房「テトリスはロシアのゲーム」

——いやフォークダンスだ。手をつなぐ順番が、かわいい娘まであと一人ってところで、曲が終わった。

女房「フォークダンスは、♪チャラ、ラララリラン、チャラ、チャラ、チャラララリラン、オクラホマミキサー」

——オクラホマじゃねえ、もっとロシアっぽい、ほれ、なんとか「カ」

女房「チャスラフスカ」

――「そりゃブルガリア人だ」

女房「ブルガリアはコマネチでしょ」

――人名じゃない、どうたらカ！

女房「トロイカ」

――バカそりゃ、♪ゆ〜き〜のしらバカな〜〜〜キミ〜〜だべ。

女房「ネズナイカ」

――なんだそれ？

女房「ネズナイカのぼうけん」

……二四時間診療の内科で寝ず内科。などと言ってるうち女房はいなくなり、こっちは湯のぼせしそうになるので上がろうとするところへ女房が戻って来て、

「コロブチカ！」

――それだコロブチカ〜〜〜ッ！　♪チ〜カカ、チ〜カカ、チ〜カカ、チ〜カ、地〜下で転んで転ぶ地下、わっはっは……よく思い出したな。

女房「ネットで調べた」

――自分で思い出せ！

女房「あんたが思い出さないから調べたんでしょ！」

すぐにその場で
調べなければ
何を調べるか
忘れます

男は爆買いなどせぬ

「爆買い」という言葉が流行ったが、なんかスットコドッコイだ。遠慮へりくだりというものを欠片も感じぬ。自分さえよければなりふり構わぬあさましさ、というのかな。

「爆」というのが頭に付くとろくなもんじゃない。議場で政治屋がやるのは「居眠り」なんて生易しいもんじゃない。ありゃ「爆睡」だ。辺りをはばからず。票をいただいたという自覚も、おかげさまという謙虚もすべてかなぐり捨てて、眠いから寝るんだ、なにが悪い！　と議場で眠るのが「爆睡」。

「爆買い」は棚に並んだ高級品を総ざらえする外国の観光客だ。セールだけに群がる日本人は「爆買い」じゃなくて「婆買い」だ。

その点、男の買い物というものは常に自制し、身のほどを知る。バクチで身を亡ぼしたりするバカも混じるが、あれは字が違う。バクはバクでも「博」と書くンダ。どうだ「博」があるだろ？　なに？　どした？

あ～、そうだ。これは美味いかどうかわからんが、ちょいと南方に旅行した土産だ。

いやいや大したもんじゃない。なんでも、ジャコウネコという、ネコとは名ばかりどうやらイタチの親戚らしい。屁が「ジャコウ」の香りがするという臭い獣が南方に棲んでおって、こやつの常食が果実らしいんだ。わけても珈琲の実が好物らしくてな。

このイタチ野郎がひり出した、この、ウンコに未消化の珈琲豆が混じっている。それを集めて炒ったものがこれだ。現地じゃひじょ〜に貴重な豆らしいが、なに大した土産じゃない。ま、同行した若い娘らは「うわ〜大人買い〜〜」などと叫んでおったが、五つ六つ買ってきたんで、ひとつやってみてくれ。

イタチ野郎のウンコ珈琲。これは「爆買い」などというものではない。誇らしく、いわば「大人買い」である。どうだ、品格というものがあろうが。旅はお疲れでしょう？　な〜に、飛行機で「爆睡」したから心配ない。

「爆買い」じゃなく
「大人買い」して
それほどでなし
ウンコーヒー

八％と一〇％のはざまで

ある昼下がり、久しぶりチキン三個入りのセットを頼んで、二階の外が良く見える陽だまり窓辺の席に座ってモモ肉にかぶりつきながら聞いた、差し向かいの席でくつろぐ母親らしい二人組の。会話。

「うちの子、よく外食して帰るのよ」

「あら、もう高校生？」

「まだ中学二年生よぉ！　仲間とツルんでるのよ」

「中学に入れば外食するかしらね？」

「ひょろひょろ背ばっか伸びるから、お店も高校生か中学生か区別つかないと思うわ。毎日二時間は粘ってるみたいよ、小さいコーヒー一杯で」

「うちも上の子は、再来年中学だから、そういうのはダメだって言わなきゃ」

「そうよぉ！　だって消費税上がったでしょ。店で飲むと外食になるから、八％が一〇％なのよ。コーヒー一杯でも店で飲んだりしないで、テイクアウトにしなさいって、お持ち帰りなら八％で済むから」

「買ったら、店の外で食べなさいって！」

なんだ、子どもの教育の話じゃないのか？

「そろそろ習慣づけといたほうがいいんじゃない？」

「そうよねえ！　今夜言ってやるわ」

「これじゃ客はたまんないわよねえ！」

たまんないのは店のほうだろ。テイクアウトと店内で食べるので税金の計算を別にしなきゃならないことになるんだぞ。


　消費税八％と一〇％のはざまで、ガキどもはますます店の外で地面にだらしなく座って食いカスをごみ箱に捨てもせずにうっちゃらかす光景が全国で奨励される。そんなことが許されるのか文科大臣！　消費税増税がなんだ！　せめて親として、大人として、

　コーヒーは、家まで持って帰るべきだろう……。

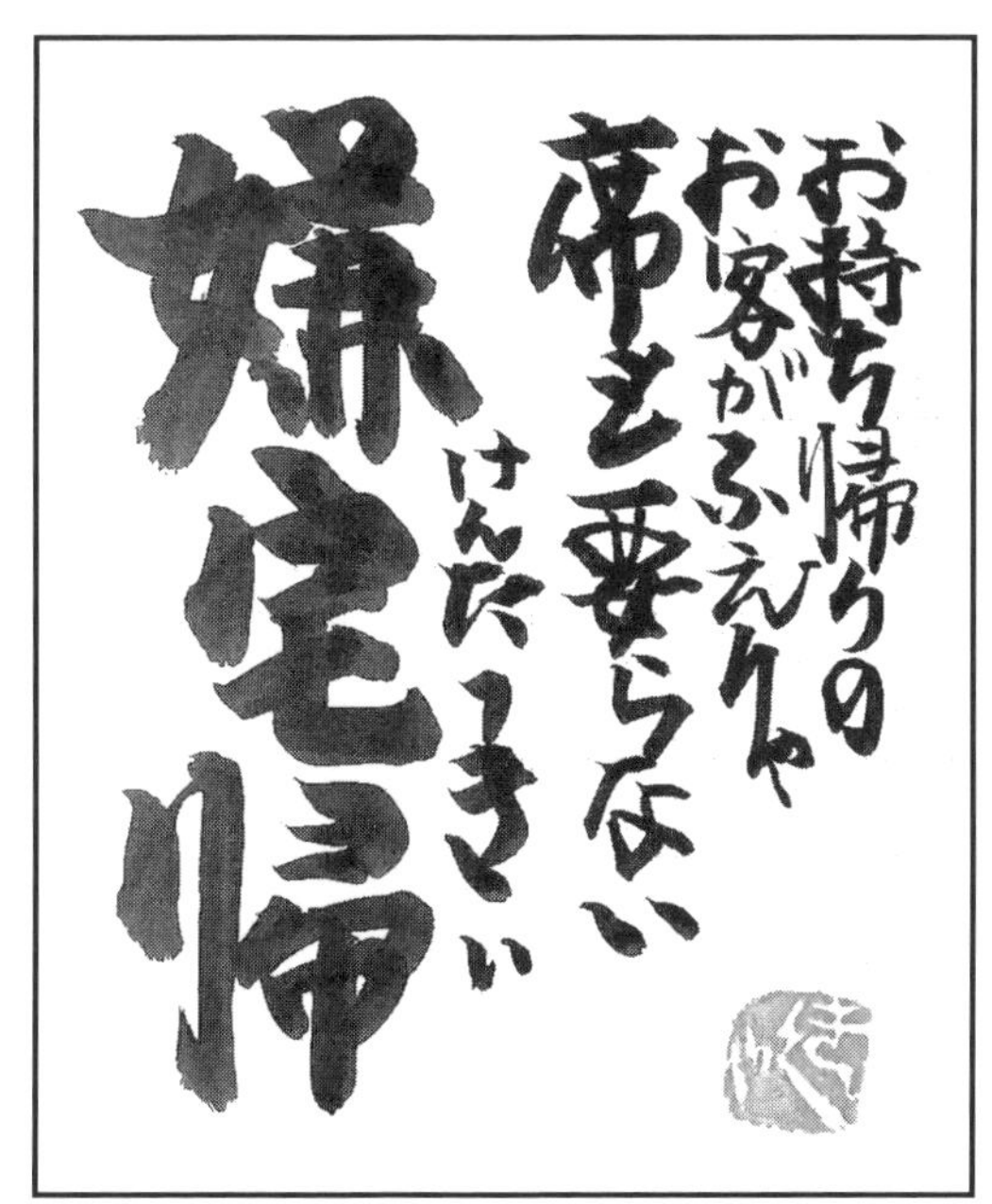

家電チラシの隅を読み込む

ある朝、テレビを点けて視界に半月状の黒い影があることに気づいた。ついに来たか緑内障！

落ち着け落ち着け。で、よく目を凝らすと、自分の目の中ではなく、テレビ画面に半月状の曇りが出たのだった。つまりテレビが緑内障？　それはりょくないっしょ。こいつ、そろそろお迎えが来たかもしれん。

「俺ゃテレビを見ないことにした。活字に戻って清々しく暮らす」と悟ったようなことを広言しつつ、テレビも無きゃ無いで不便だ。

一〇年前現品処分で買った37インチ。国内設計中国生産を謳っていた中小メーカー。今は倒産して修理に出そうにも、連絡先さえ分からない。映らなくなる前に、信用のおけるメーカー品に買い替えようかなあ？

朝刊の家電チラシをめくれば、

「細部まで鮮やかに見える。時代は４Ｋ！」

こないだまで「ハイビジョンにすれば細かい字まで見える」と謳っていたんじゃ

なかったか？

４Ｋは「危険」「きつい」「汚い」、あとはなんだ？「気は確か」？

そりゃ余計だ３Ｋか。３Ｋというのはダイニング無しの三部屋で、最近じゃ外国人に貸すっていう民泊転用賃貸マンションのことを言うんだろ。

おいおい、

「ついにテレビは８Ｋの時代！」

誰の許しもなく勝手に８Ｋ専門チャンネルなんかこしらえやがって一律受信料ふんだくる気だろ。「人気女優の皺の一本までよく見える」らしいからグッとにじり寄って見ようとすりゃ、「目の保護のため４Ｋよりも離れて観てください」

それじゃハイビジョンをにじり寄って観るのと変わらんじゃないか。皺の一本まで見えるテレビを離れて観て、皺が見えるというのか？　こっちの視力は年々落ちてるってのに。

４Ｋが倍になりゃ、「危険」「きつい」「汚い」に、いつお迎えが来るか「気もそぞろ」で「気が気でない」うえ「きしむ身体」に鞭打って「金麦をビールと思って一本が関の山」まで加えにゃならん。

これのどこが一億総活躍だ。

と怒りつつ、じっとチラシに目を凝らしてごらん。ふっふっふ、量販店め、隅っこに、保険の約款より小さな字を並べやがった。

一〇年もすりゃ返上しようと思ってる運転免許の更新だって裸眼で通る自慢のまなこをグッと見開かずに、細めて見れば、お〜し読めるぞ。しっかり「ハイビジョン現品処分」しかも驚くな。堂々のメーカー品だ！

「と・う・し・ば」

ハイビジョンの
値崩れ探す
家電チラシに
目がかすむ

うえっとさまーしらない領収書

確定申告の時期。経費で落ちるものをあれこれ書き出そうとして、財布の底でぐじゃぐじゃになった領収書を発見した。店の印がない。この時点で廃棄。日付は昨夏。金額三七五〇円。ミミズが這ったような字で品名「いろいろ」となっている。

なんだこりゃ。

はて？　あれは確か……。薄暗くてやけにカビ臭く、雑多な古物が堆く積まれており、汚れたショーケースの中に、かつては紅白だったらしい汚れて橙色と黄土色に変色したリボン付きの「東京オリンピック記念メダル」がとぐろを巻いていた。どこだったかは全く思い出せない。

何かを買って領収書を頼んだら、怪訝な顔をしておねえさん、店の奥へだれかを呼びに行った。もしや日本のヒトじゃないのかな？　と思っていたら、奥からもう一人のおねえさんが出て来て、レジの引出しをガサゴソしてあまり使っていないような古い領収書帖を出して言った。

「なにさま？」

なにさまと名乗るもおこがましいが、「上様、品代と書いて」と言い置いてオリンピックメダルに気を取られている間、おねえさん、なにやら口ごもった様子を見せ、ビリリと破って寄越した。そのまま確かめることなく財布に仕舞い、年が明けて現在に至る。

おそらくその店だろう。

「上様品代で」を「上様死なないで」と宛書きされた領収書があったというのは聞いたことがあるが、こっちは薄気味悪い。

宛書き「うえっとさまーしらない」、品名「いろいろ」。

……書き間違いじゃあるまいか？　というモンダイではない。

「ウエットサマーしらない」品物いろいろというと、

乾燥剤、防水テープ、防水スプレー、あ、売り切れる前にブルーシート、と一瞬思ったが、さて、オレは一体何を買ったんだろ〜か？

「初老の紳士」は「初漏の紳士」経費で落ちるおむつ買う？

大きくなったら何になる

先だってくだんの孫見かけたらテニスラケットでラグビーボール打ってたぞ
可哀想に頭があちゃこちゃになってんだな
気の毒なはなしよテメェの親見てると自分が何になりてぇか分かんねぇガキ増えてんだ
何が一億総活躍だっ！
やりてぇ事は自分で探せる能力を付けてやんのが本当の親心だろっ！
…
くわっ
何だよ急に黙り込みやがって
いや‥この前ウチの孫によ「お前は大きくなったら何になりたいんだ？」て聞いたのさ
…何になりたいって？
孫
楽してもうける人
しくしくしく
ゆ〜ちゅ〜ば〜
ゆーちゅーばー　って
お湯を厨房で沸かす駆け出し？修行せい

抜けてないけど削っている

男女の別なく、加齢による薄毛の仕組みが解明されたらしい。悩める高齢者に朗報？　何を悩むことがあろうか！　いい歳をこいた男がフサフサで、トリートメントに悩むなんざ脳みそにとって無駄である。

誰が見てもあんたはヅラだな、と分かるやつがいる。本人だけは知られていないと思っている。長いこと鏡の前で己の顔と頭髪を見つめてニタッと笑ってる因業オヤジども。この期に及んで二度とない人生をつまらんことに使うな。

見渡してみろ。濃かった人間関係も徐々に抜け落ちる。髪の毛と同じだ。最後はみんな抜け落ちて、独りで死んで行くのだ。例外は無い。

「歳をとれば分かる。髪は長〜〜い友だち」という増毛剤のコマーシャルがあった。

「髪」という文字が出て右側の三本の毛がホヨヨーと抜けて飛んでって、「長い友」という字だけになる。考えたやつは「しめた！」と思ったことだろう。オレなんか思わず膝を叩いたぞ。

女性用付けカツラの宣伝、

「これで堂々とこんにちはって頭を下げられるわ」

髪の毛を気にして挨拶もできないというほどヒトはあんたを見てやせんよ。

ババアに言われる。

「いいわねえ、そこまでさっぱりしてると」

ヌードで歩いてるような気分だ。

「やだ」

ヤでけっこう。

「いつ禿げたの?」

剃ったんだ。

「ソッタンダ?」

ソるの!

「ぎっくり腰になるわよ?」

半身を反るんじゃない頭だけ
ソるの!

「ひっくりかえるわよ」

こういう「不毛」なやりとりは
無駄であるからいち「抜けた」。

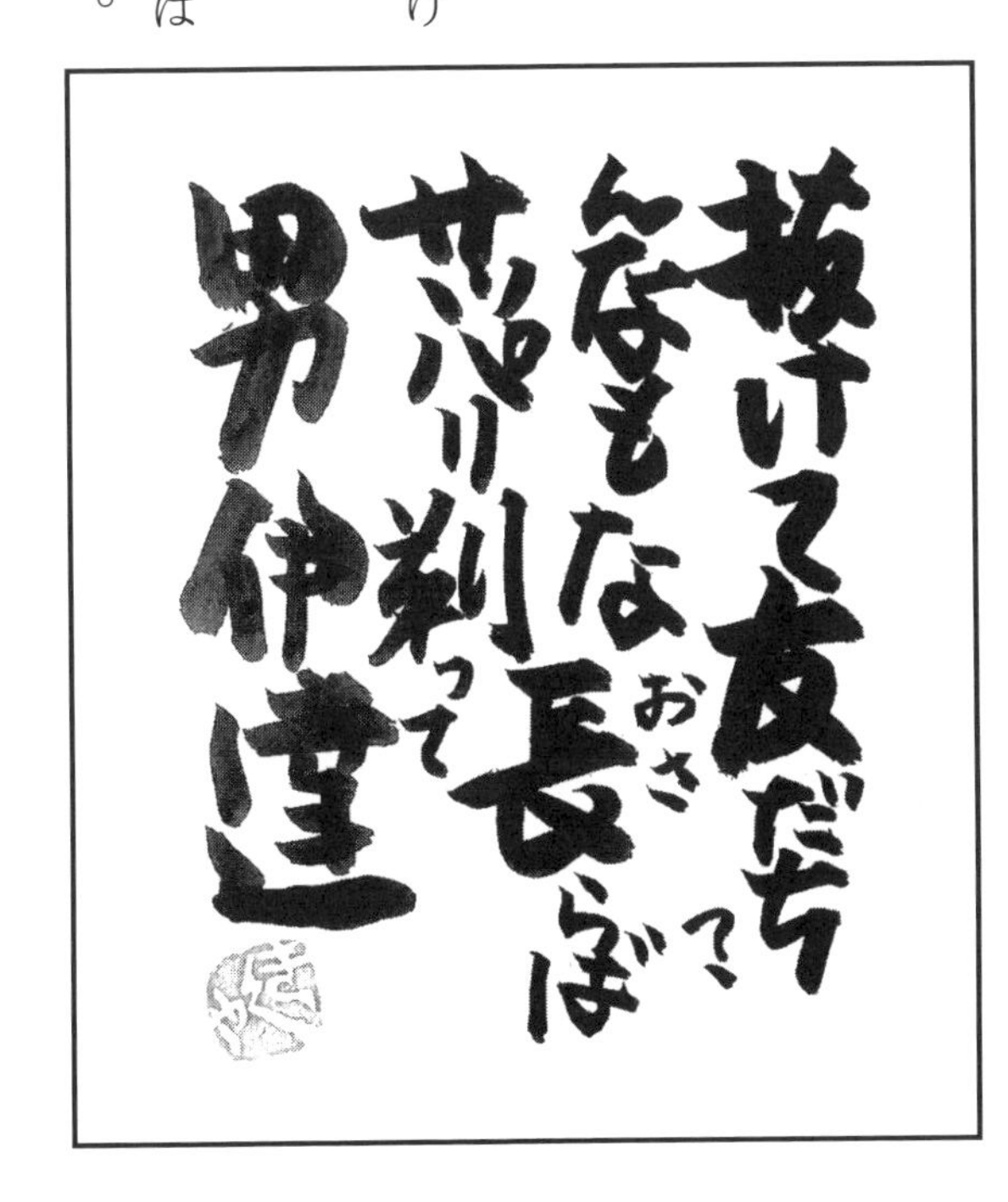

オバちゃんの定義

朝早くからデパ地下の前で開店を待っているくせに、「早く開けりゃいいのにねえ。これじゃ日が暮れちゃうわよ」と言う。デパート開店前に日が暮れるかよオバちゃん。

惣菜の半額コーナーで、パッケージを丹念に調べて、「あら、消費期限が今夜までじゃない。よくこんなもん売るわね」と言う。昼に食うつもりで籠に入れたんだろオバちゃん。

今夜のおかずにいかがですか、と店員に言われると、「今日はお刺身食べたくないのよ」と言う。じゃあ刺身売り場に来るなよオバちゃん。

牛乳売り場で、「こういうのはね、消費期限が長いのは一番奥に入れてあるのよ」と腰をかがめて冷蔵棚の隙間の一番奥を探って、ウッと動かなくなる。腰に来たんだろう。カルシウム不足だなオバちゃん。

試食コーナーで、爪楊枝で摘んで口に入れて、「人工甘味料入ってるんじゃない？」と言う。有機栽培食品ですからご心配ありませんと店員に言われると、

「だってなんか薬臭かったわよ」と言う。直前にリップクリームを塗っておったじゃないかオバちゃん。

「ああいうオバちゃんたちの頭の中を割って見てみたいよな」と小声で店員さんに言うと、試食を勧められ、口に入れて、「しょっぱいな」と言うと、天然塩を使っておりますから心配ございませんと答えた。

「塩分制限だから薄味じゃないとダメなんだよ、おねえさん」と言うと、

「申し訳ございません。病院食じゃないんだからとおっしゃるお客様もおられますので」

「そういうオバちゃんが見舞に来るとね。入院うらやましいわ〜、いっぺんぐらい病気してみたい、とか言うんだよ」

おねえさんが歪んだ笑いを浮かべたのでこっちもしみじみ笑いながら顔を見ると、若作りしたオバちゃんだった。

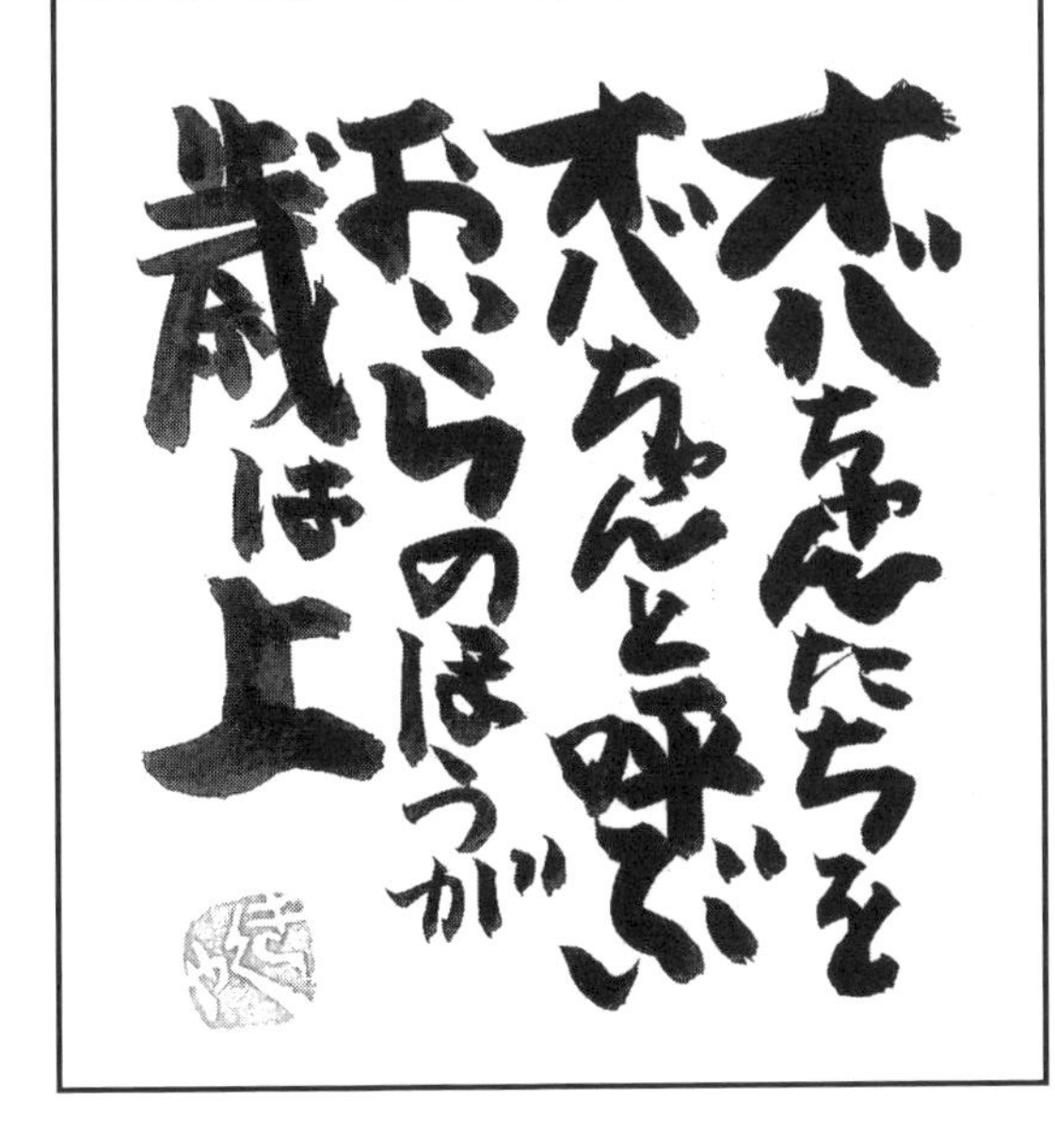

スマホを忘れたときの覚悟

「もしもし？」

「わたくしマッザキキクヤでございます」

「あらキクヤさん、ご無沙汰しております。お元気ですか？」

「はい、おかげさまで。そちらもお変わりなく？　そりゃよろこばしい。今日お電話をさしあげましたのは、云々……」

　近頃は、電話を掛けると向こうが出ると「もしもし」でもねえ、挨拶もせずに突然「なに？」って言いやがる。土足で他人ん家に上がり込むやつがあるか無礼者。まずぁ挨拶だ。

　電話っちゅうのは、

「もしもし？　はいはい！　どうもどうも。いやいやいやいや！」

　言葉は何でもいい。まず挨拶をし合って相手との距離感を埋めてテンションを高めるための儀式というのが要るんだ。突然「なに？」って、なめるなよおまえたち！

誰それに用事があって電話しようとすれば、手帳の住所録をあ行から繰って、手際よく、確かめて、受話器を取り、ポケットの小銭を数枚まさぐってチャリチャリンと入れながら覚悟というものを作ったんだ。相手が出たら小銭口から中へ小銭がチャリンと落ちて「……もしもし？」それがものがたりの始まり。ごく普通なことだ。

なに、普通じゃねえ？　なめるなよおまえたち！　相手との間尺をぜんぶ省略するから、会話に覚悟というものが出来ぬのだ。「なに？」とか「あ～オレ」で始まる会話に覚悟があるか。

昔のスパイドラマで、ナポレオン・ソロとイリヤ・クリヤキンがペン型の通信機を内ポケットから取り出して、「オープンチャンネルD……ソロさん、どうしたの？」あれだって、会話に緊張感があったもんだ。

今やコミュニケーションの危機である！　こんな箱で、会話もせずにラインだかなんだか、と、バッグの中、ポケット、スマホが見当たらぬ。はて？　どこに置いたか？　家か？　忘れて来た。いかんぞ、これはいかん、

小走りに、あちこち捜しまわってやっとの思いで公衆電話を探し出し、い、いかん、小銭が無い！　ポケットをまさぐり、おう一〇円玉が一枚あった！　どうだ、これこそが電話をかける覚悟というものである。

コインを入れて……、で、

家は何番だ？

脳みその中身
残らず入れた
スマホ失くせば
菊人形

いわゆるエコノミークラス症候群

タクシーの運転手さんが言った。

「歳のせいですかね。血ぃ濃いって言われますよ」

オレも検査で言われますよ。ドロドロんなってるから水分補給をマメにやんなさいって。

「非番でチュ～ハイとかじゃダメなんですってね。酒ゃ逆効果だそうですよ。血管に血ぃの固まりが出来るんです。足のほうとかね、動脈じゃなくて、静脈にね。おんなじ姿勢が長いと固まりやすいんですって」

エコノミークラス症候群ね。

「そうそう。あの名前はやめてくんねえかなと思いますけどね。そらぁビジネスクラスなんか乗ったことないですけどね。そ～りだいじんとか血ぃ固まらないのかね」

血の巡りが悪そうだしね。

「ニュースとかで言ってますよね。エコノミークラス症候群と言う前に、アナウンサー必ずくっ付ける言葉がありますね。いわゆる、エコノミークラス症候群。いわゆるってナンですかね？」

いわゆるってことは、「別にオレが言ってるわけじゃないけど」ってことじゃないかな。

「いわゆるってわざわざ付けるってことは、放送局もやましいと思ってんですかね。エコノミークラス症候群って、貧乏人がなるっていう感じがするから、オレは言いたくないんだけれど、お上がそう言ってるから、使うけどサ、って、なんか責任逃れでさぁね！」

差別を認めてるのと同じよ！

「私ら長い時間タクシー乗ってると、あ〜これだなって分かるときありますね。エコノミークラス症候群。ときどきふくらはぎとかツりますもん。おんなじ姿勢でね、運転席めいっぱい前に出して、ハンドルにしがみついてるわけですから」

あ、もっと座席下げれば？　オレ大丈夫だから、足短いし、あはは。

「いえいえ、さっき降りて屈伸運動しましたから。水分入れて屈伸運動して、公園に横付けしてトイレ駆け込んで、ばかりやってます。暇だから。あははは」

という会話を、ここまで書いて椅子から立ち上がろうとした途端に、ふくらはぎがツった。

エコノミークラス
貧乏人を
からげて呼ぶな
えらそうに

みかんの花が咲いている山道
仕事でレンタカー借りて
四国佐多岬のうねった山道を走っていた時
突然タイヤが
おわっ
と鳴き始めた
ぶおぶお
じょんじょん
耳に全神経を集中させて
耳
ようやくタイヤから伝わるその奇怪な現象が
ぶおぶお しょん
じょんじょん
なにかの旋律である事に気付いた
むぃ〜
くあ〜
むぃ〜
あ
わかった!
HITODE
四分の三拍子の唱歌
おーっみかんの花が咲いている歌だっ
曲を判別するにゃアクセルを一定に保たねば音痴に聞こえる
みかん〜
のはな
同乗者氏が言った
路に洗濯板のような溝を掘ってタイヤが踏むと曲を奏でる「メロディライン」ってやつですよ
へ〜っ

いったい何の役に立つんだろ?
事故防止が目的でしょ
「森のくまさん」が流れる所もあります
あるぅひ〜♪
ゲキッ
聞くことに集中しすぎてくまさんと衝突したらやっかいだな
HITODE
「どんぐりころころ」が流れる道路も通ったことがあります
ころ
ころ
どんぐり
ごろ
ごろ
ごろ
事故防止が目的なら選曲考えた方がいいかも
時速五十キロだとこの地獄のうめき声に怖気立つ
みかんのはな
堪えられずにアクセルを踏み
時速七十キロ位になれば鑑賞に堪えるかと思い
カーブで
うお〜っと
側溝にはまりそうになった
タイヤを鳴らす曲は「どんぐり」お溝にはまってさあたいへん

オンナが男を捨てる理由

ワンコインランチ食ってたら。

飲み友「犬の昼飯か?」

オレの昼飯だ!

友「ワンコ・イン・ランチ。わはは」

五〇〇円玉でランチ食える店だ!

友「知ってるよ、冗談だ」

冗談を言って自分で笑うやつぁ世の中から捨てられるぞ。

友「捨てないで」

ワンコインランチに新入社員連れてって上司の男が楊枝せせりながらデケぇ声で「うちで出世するのは大変だよ。下手したら女が上司だったりするからな」と言ってた。あいつぁ女上司に捨てられたな。

オンナが男を捨てる理由の第一が、「ときめかなくなったから」だト。

思い当たるふしはないか? 相手をときめかせることができぬ男とは、恥というものが無くなったやつだ。ビール一本飲んで居間のソファーで寝くたれて、ガバと大口開けてゴゴア～といびきをかいてヨダレなど食っている姿を女房に見せても平気なダンナを見て、ほんのフト、ヒョイと、思うらしいのだな。

「あ、もうこのヒトいらないわ」

オンナの人生から削除するのだ。そんなことは無いと思うか？　うっふっふ、オレらの身の回りでいつ起こるともしれん関係崩壊……。

友「うちはだいじょぶだ。カカアの前で腹出して寝ても文句を言われたことがねえ。わはは」

男は常にオンナに見られてるという自覚が無いから、女房の前で太鼓腹出して寝くたれたりして、捨てられるんだ。油断なく常に恥をわきまえるこった。

友「くわばらくわばら！　わはは」

おまえの反応はカビくさいな。昔から言うだろ。壁に耳あり。

「ブラインドメアリー？　わはは」

……たしかに、ブラインドの向こうにも目あり。

友「演歌しか知らんおまえにゃ通らんか？　ティナ・ターナーの歌ったソウルだ。米国のソウルだ。勧告しておくが韓国のソウルじゃねえぞ、わははは」

ええいカビ臭い、聞いちゃいられねえ。と先に帰ったオレを高笑いしてたやつは、カミさんに捨てられた。

壁に耳アリ
クロードチアリ
誰か笑って
ひとりなの

朝ドラを観て忘れていただければ

ある昼下がり、ニュースが言った。

「自主報道の自主規制を規制するのは報道の自由を侵すという意見もあるが、誤解を招く報道をしないように要請したが規制したわけではない」

なんだって？

「自主報道」というのは、自分の意思で報道した、ということだろうな。

「自主報道の自主規制」というのは、自分の意思で報道した報道を自分の意思でやめた、ということだな。

「自主報道の自主規制を規制する」のは、自分の意思で報道した報道を自分の意思でやめたのを、やめろと言った、ということになるな。

「自主報道の自主規制を規制するのは報道の自由を侵す」というのは、自分の意思で報道した報道を自分の意思でやめたのを、やめろと言ったのは、報道の自由を、侵す？

「という意見もあるが」と続くから、自分の意思で報道した報道を自分の意思でやめたのを、やめろと言ったのは、報道の自由を、侵すという意見もあるが……？？

「誤解を招く報道をしないように要請したが」だから、自分の意思で報道した報道を自分の意思でやめたのを、やめろと言ったのは、報道の自由を、侵すぞという意見もあるが、誤解されるかもしれねえから、そういう報道はするなと、要請したが？？？

「規制したわけではない」

自分の意思で報道した報道を自分の意思でやめたのを、やめろと言ったのは、報道の自由を、侵すぞという意見もあるが……誤解されるかもしれねえから、そういう報道はするなと、要請したが、やめろと言ったわけではない……？？？？

お～いニュース、もういっぺん言ってくれ！　と画面を見れば、考えなくても分かる朝ドラの再放送が始まった。オレは確実にバカになる。

ニュースの中身
意味が分からん
朝ドラでも観て
忘れよう

気をつけないと疑いの恐れがある

病院の待合室でいつも一緒になる常連オヤジが言った。

「ものは言いようって言いますがね。よくホレ、ナニナニの恐れがあるって言いますでしょ。汚染水が漏れ出す恐れがある、とか言いますね。あの、恐れっていうやつね。どっちかっていうといけねえことで使うよね？」。

たしかに。個人情報漏洩の恐れ、とかね。

「震度5以上の余震が起きる恐れ、とか」

領海侵犯の恐れ、とか。

「テロの恐れ」

燃費改ざんの恐れ。

「病気再発の恐れ」

よくないね～。

「レントゲンの受付前を通るたびに思うんですがね。妊娠の恐れがある方はお申し出ください、って書いてあるんだよ」

……そりゃいかんでしょ。

「いかんよね！」

いかんいかん！　それって『おめでたの恐れ』ってことになる。

「言ってやったほうがいいかな？」

そらあ言ってやるべきだ！

翌月の待合室で、またオヤジに出会った。

「妊娠の恐れはおかしいって言ってやりましたよ」

どうなりました？

「妊娠の疑いのある方はお申し出くださいってなってました」

疑い？

「不正の疑い」

政治資金流用の疑い。

「経費水増し請求の疑い」

証拠隠蔽の疑い。

「それって『おめでたの疑い』ってことになる！」

いかんでしょ！

「いかんよね！　また言ってやろう」

来月の貼り紙が楽しみだ！

待合室の
ヒマなオヤジは
疑いを持つ
恐れあり

友だちでもないのに手を振ってしまう

北のほうの空港で飛行機に乗り際、ボーディングブリッジの前を歩いていたジイサマ二人が操縦席の機長に気づいた。

「お～、機長がこっち見てる」

と操縦席にカメラを向けると機長が笑って手を振った。

「命預けっからよろしくな！」

ジイサン手を振り返して乗り込むが、自分の席が分からぬ。

三列の窓側と真ん中の席に座ったんで、まあいいかとも思ったがいちおう「窓側は私です」と言うと、えらい済まなそうに席を入れ替わりながら、「いやいやどうも」と手を振るんでこっちも「いやいやあはは」と手を振って座った。

隣になったジイサンの片割れ、「なんせ窓際が長かったもんで」と手を振るもんでオレも「いやいやあはは」と手を振った。

やがてジイサン、シートベルトの片方を自分の腹に回して、バックルが左右一緒になったのを「こりゃ欠陥だな」と言うので、「片っぽ私のです」と言うと、「いやいやどうも」と手を振るので、こっちも「いやいやどうも」と手を振った。

相棒のジイサンが「さっきからずっと手を振ってるな」と言うと「挨拶はしとくもんだ」と返したので、こっちも「そうですよねえ！」と笑って「いやいやどうも」と三人手を振り合った。

飛行機がバックで駐機場を離れて滑走路に入った頃、窓の外で合羽着て耳当てをした空港のおにいさんが二人、気をつけして手を振っているのを見てジイサンが言った。

「今はなんでもやけに手を振る」

「みんな候補者だな」

と整備士に手を振り返しているジイサマ二人と、……オレ。

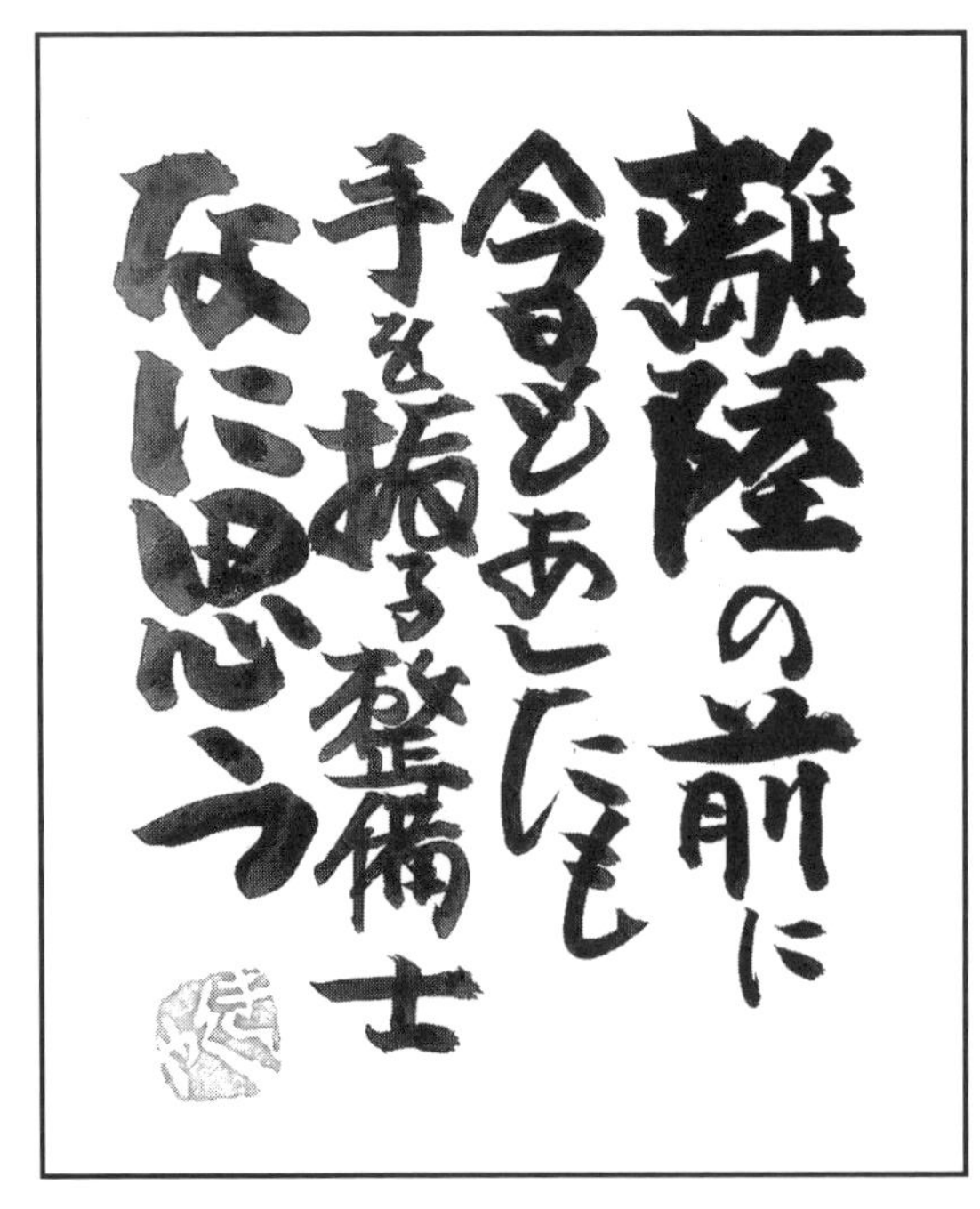

クレームを付ける前にやるべきこと

「東京に住むマツザキですが、乾燥機が回らなくなって困っとります」

「衣類乾燥機でございましょうか？」

「そうです」と言うと「型式番号はお判りでしょうか」

「ん〜なもん分からねえよ！」などと言えば即座に、好きで介護やってんじゃねえバカヤロウ口調の係に回されるので、あらかじめ調べておく。

「××の×××番と書いてます」

「かしこまりました。担当者にお繋ぎしますのでお待ちください」

お繋ぎしますって、自分の行為に「お」を付けるのは日本語としてちゃうやろ、などと突っ込むと、海千山千のクレーム担当強面係に回されてブラックリストに名前が載るので、黙って待つ。

ひじょうにハキハキとした声の若い娘が電話に出て来て、

「当社衣類乾燥機をご愛用賜りましてありがとうございます。お客様、お手数でございますが、衣類を投入するドアの裏側の一番下の真ん中がセンサーになっておりまして、そこを指先で探っていただきますと、ヘアピンなどがくっついておりませんでしょうか？」

「あんだって？　もっぺん言えや！」などとめんどくさがらずに従う。恐る恐る指で探れば、

「あ〜、ヘアピン出て来ました！」

「ドアを閉めてスタートボタンを押していただくと、いかがでしょう？」

「おあ、おああ、おあああああ！

回りましたぁぁ！」

「ああ、よろしゅうございました。わたくしもたいへん嬉しゅうございますぅ！」

　さすがこの道のプロ！　丁重にお礼を申し、さて麦酒を一本開けつつ説明書をめくると、

「故障かな？　と思う前に」欄「乾燥機が動かない」中「ドア裏側下部のセンサー部分にヘアピンなどが挟まっていれば取り除く」……。

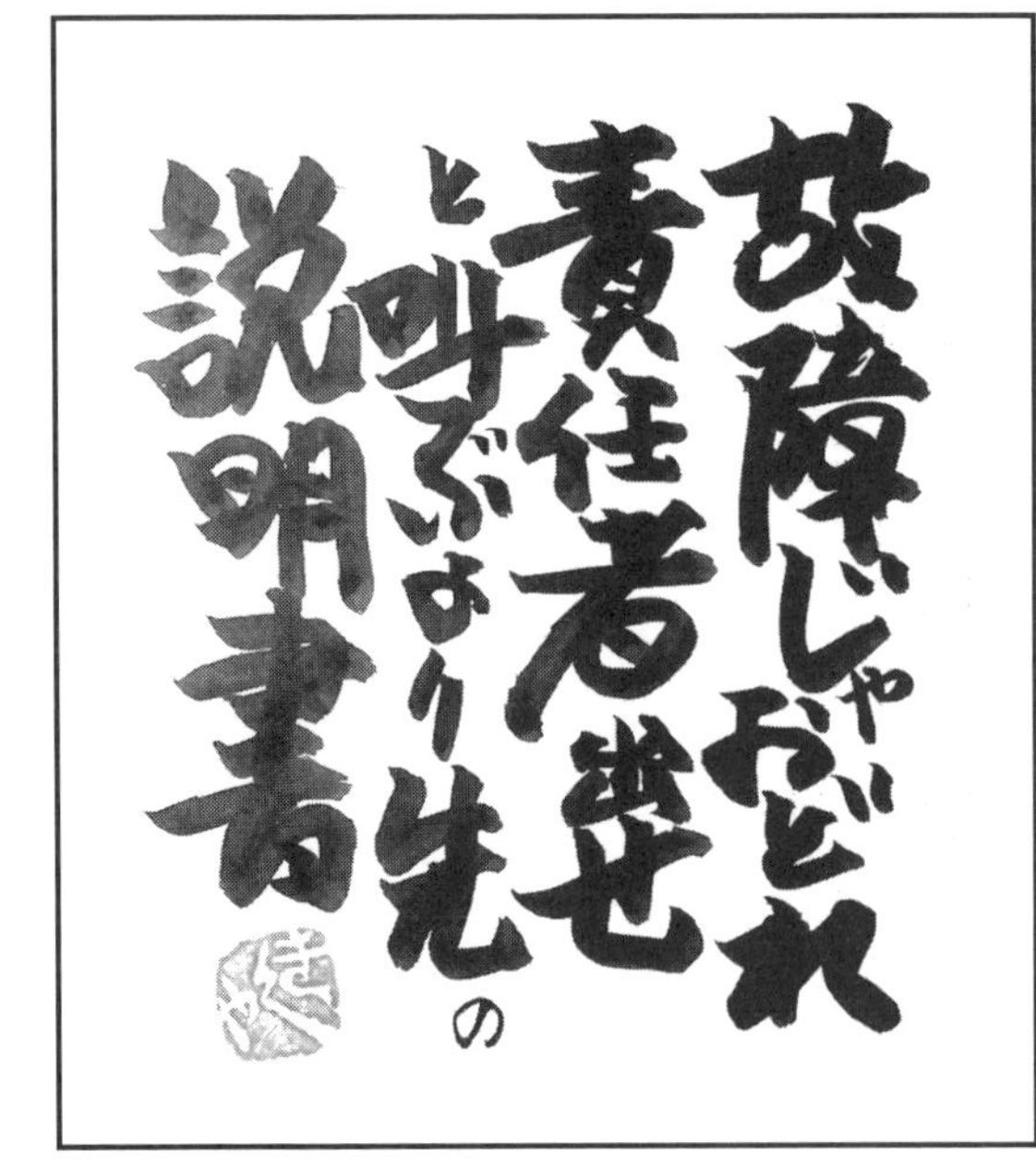

マッチ集めの少年少女だった頃

夏の昼下がり、こう暑くては、お互い何時ぶっ倒れてそれっきりということがあるかもしれんし、少しずつあっちこっちを片づけるが進まぬ。台所の流しの引出しから、

「うわわ！　あったッ！　片方ピアスッ！　どうしてこんなところに入れたのかしら？　そうだ！　洗剤で洗ったのよ。うわ嬉しいッ！」

そいつぁよかったが、それほど反応せずにいたら、

「これ買ってもらったんだよ〜ッ！」

「誰に？」

「あんたによッ！」

「おわ〜〜〜！　そうだそうだ!?」

なんか出て来る度に手が止まる。

「こんなもん出て来たけど捨てる？」

「お〜、なつかしいな！」

棚の奥からたくさんのマッチ箱。

「……マッチが好きだった」

「男のくせに？」

「男がマッチを好いたっていいだろうが」

「私は好きだった。今見ても昔と変わらないんでちょっと驚くわね」

「確かに……シケてない。まだ燃える」

「もう燃えないけど」

「いや、まだ燃える」

箱から一本取り出して摩れば元気に火が付いた。

一人しみじみ、

「悪いマッチは軸まで燃えると首のあたりが灰となって、頭がぽとりと落ちる。いいマッチというのは、燃えて炭になって、頭が落ちぬ。ほ〜れ、この通り」

炭になっても頭が残った燃えカスを眺めて、

「マッチをたくさん集めたもんだ」

「私は集めたけれど、だんだん冷めたわ。今でもあるのかしらん、ブロマイド屋さん？」

消えて久しい
昔の炎
マッチ一本
燃え残り

部下の口答えに対処する方法

対処法②
人が困っているんだ手を貸すのが人間である
あえて役職の上下に触れず人としての常識を説く
説得力があるのはコレ
が若いやつちゅうのは子供のような反応をする事
へー
そうなんだ
お前ガッコで習わなかったのかっ?
習ってません
どこの大学出身だっ?
東大です
なにか悪いですか
…
…頭が悪いな
あ、営業部長?
新しく入ったキミの部下だがな
あることないこと
あわわわ
しかしここだけの話だ
本人には言わず知らんぷりして仕事振りを見守ってくれ
これは効果てきめん
パワハラだと訴えられないかぎり
すいません
許して
ふんっ
実は架空電話繋がってない
口答えには口で迎えやパワハラだけは注意して

両手が塞がる尿検査の気持ち

新幹線でコーヒー買う度に、

「お砂糖とクリームお使いになりますか？」

はい、使います。

コーヒーというのは何も入れずに飲むと煎じたせんぶりのようで、砂糖とクリームを入れてやっとこさホッとする飲み物である、という味覚で育ったものは仕方がない。

蓋付きの尿検査のような紙カップ渡されるのは、まあ、いいとして、砂糖は一本で「ややニガ」分しかない。せめて全部入れたら「やや甘」分ぐらいの砂糖にしたいんだが、どうにかならんか？

「申し訳ないが砂糖をもうひとつ」

と言って、煮立ってすえたような味のコーヒー一杯に三一〇円払うのはオレなのに「申し訳ない」と言わねばならんのはどうにかならんか？

まあ、それはいいとして、

コーヒー混ぜ棒が紙カップよりゃちょっとだけ長いのはどうにかならんか？　カップより短いと熱いコーヒーをまぜまぜするときに、指を浸して火傷されて裁判起こされちゃたまらんからか？

まあ、それはいいとして、

混ぜ棒が紙カップより長いと、ゴミとしてカップ内に収まりきれん。どうしたって左手に紙カップ、右手に混ぜ棒を持ってデッキのゴミ箱に捨ててから、もういっぺん席に戻って荷物を持って降りることになるんだ。両手が塞がると困るのは、尿検査の窓口の引き戸が開けられずに立ち尽くしてしまう患者の気持ちとおんなじだというのが分からんのか？

分からんだろうから、まあ、それはいいとして、

窓際の席だったら、いちいち、「申し訳ない」と通路側の客に頭を下げて膝を乗り越えて捨てに行くが、「ええい、めんどくせえやつ」と思われたくないから「申し訳ない」と頭を下げつつ、何で申し訳ないと頭をさげにゃならんのか？　という疑問がフと残る状況はどうにかならんか？

まあ、それはいいとして、

開けるたんびに
爪にピッと付く
コーヒークリーム
どうにかせい！

休みが増えれば消費は落ち込む

「海の日の次は山の日ができた」

山の日になにするんだ？

「夫婦で山に登るやつらが増えてるそうだ」

遭難が増えるな。

「そのうち空の日がないのは不公平だと言い出す」

だれが？

「そらおまえ、飛行機会社が言う。そのうち川の日がないのは不公平だと言い出す」

だれが？

「そらおまえ、河川開発なんたら財団やら、鵜飼い組合やら、急流下り船頭組合やらが言い出す。

そのうち里山の日も作れと言い出す」

だれが？

「そらおまえ、里山を守るどうたらの会とか、岩に染み入る蝉の声を聞く会とかが言い出す。

そのうち都会の日も作れと言い出す」

だれが？

「そらおまえ、商工かんたら会議所とか商店街連合会とか、都市開発振興くうたら財団とかが言い出す」

そいつらが献金してる政治家は？

「無条件で言うことを聞く」

そのうち一年の半分が休みになるな。

「祭日ばかりじゃない。週末の金曜日に仕事が早上がりになる日もできたそうだ」

休ませて何をさせたいんだ？

「そらおまえ、消費を増やしたいんだ」

ばかやろう。この国ゃ非正規パートで成り立ってるんだ。休みが増えりゃ実入りが減る。実入りが減って休みが増えてだれがカネ使うんだ？

「時給でカネもらったことがねえやつが考え出すこたぁ間抜けだな」

こういう話は盛り上がるな。貰い物の発泡酒があるから、うちで一杯やるか？

な～にが消費拡大だバカめ。

コンクリで固めまわすにゃ
予算が足りぬ
海の日山の日
カネ使え

ガッツポーズをやらなくなった

「勝ったら雄たけびを上げてガッツポーズする運動選手がいるな。あれは見苦しい」

そりゃあんた、ジジイの嫉妬だ。

「昔ゃあんなブザマはやらなかった」

純粋な魂の発露だ。達成感に身をうち震わせてるんだ。叫ぶぐらい許してやれ。

「あいつらは達成感の後に来る落とし穴を知らんヒヨッコだ。オレは知っている」

どんな落とし穴だ？

「真夏にバイクにまたがって東北を一周した時だ。雨が降ったり止んだりだったが、濡れたくないんで、真っ黒な雨雲の間の青空を縫うように右へ曲がったり左へ曲がったり。真っ黒な雲がやって来る寸前に、無人バス停の軒下に駆け込んで間一髪」

間に合ったのか！

「みるみる土砂降りで道路は水たまりだ。濡れてないのはオレとバイク。『うぉっしゃ〜〜〜ッ！』と雄たけびをあげた」

若き日の典型的な達成感だな。

「そこへ反対車線を走って来たダンプが水たまりの水をブワッシャ〜〜〜〜ッ！　全身びっしょりだ」

……ぶっはっは。

「努力は報われるとは限らん。以来、年賀はがきで二等の全国うまいものギフトが当たっても『うぉっしゃ〜〜〜ッ！』をやめた。最近は切手セットが当たってもやらない」

歳を取るにつれ、達成感の規模が小さくなるな。

「オレゃ雄たけびを上げる運動選手を見るにつけ、今にしっぺ返しを食らうぞ、と思う」

正直者には福が来る。オレなんか今朝も、掃除機のコードがシュルシュルシュルと最後まで巻き取れた瞬間に、うぉっしゃ〜ッ！

「おお、たしかに、おれもやる。ただし、小さくやる」

今朝はコードを
最後まで巻けた
ガッツポーズの
そうじき者

引き続き協議することで一致

給料上げろ、こんなんじゃ食って行けねえ！　と団体交渉するとき、会社の答えは、たいてい「それどころじゃねえ」

「なに寝言言ってんだ」

「じゃクビにするぞ」

原発止めろ、こんなんじゃいつ事故を起こすか分からねえ！　と要求するとき、電力会社の答えはたいてい「冗談じゃねえ」

「こっちはお上の許可をもらってんだ」

「じゃ電気料金上げるぞ」

隠してる情報を開示しろ、こんなんじゃ裏で何やってるか分からねえ！　と要求するとき、役所の答えはたいてい、「個人情報保護の観点から公開は差し控えたい」

「行政上の秘守義務があるので無理」

「ごちゃごちゃ言ってっとおめえんとこに隠しカメラ取り付けっぞ」

どこもかしこも拒否！　取りつく島もありゃしない。

おお、島で思い出した。

北方四島を返せ、こんなんじゃ埒が明かねえ！　という要求に対する相手国の答えは、

「まだ言うか！」

「あすこはもともと我が国の領土だ」

「ごちゃごちゃ言ってねえでカネだけ出せ！」

「つまんねえこと言ってると国交断絶するぞバカヤロウ！」

これに限って、どういうわけだろな、お上の発表は必ず、

「引き続き協議することが重要という認識で一致」

トップリーダーと自分で言ってるやつは裏じゃ札束の切り合いが忙しくて解決先延ばしするくせに、決まってこう言うな。

こりゃ「交渉決裂」と理解するが、おめえらそういうことでいいな？　異議無し！

「はい、もしもし？　あ、保険が満期ね。今女房とね、引き続き協議することが重要という認識で一致してるから、また電話して」

自分で自分を
トップリーダー
たいてい金権
ドップリだ

若い女が同じ顔に見えるわけ

同窓会で三〇年ぶりの友人と。

友人「テレビに出てる若い女はみんな同じ顔に見える」

同じ顔に見えるのは、こっちに識別する気力がないからだ。

友人「ん～なことはねえ。昔は吉永小百合と浅丘ルリ子はぜんぜん違う顔だった」

そりゃこっちに思い入れがあったからだ。

友人「思い入れがあろうとなかろうと、吉永小百合と浅丘ルリ子の顔がぜんぜん違うのは今も昔も同じだろ」

主観の問題だな。どっちも目鼻立ちが整った顔だが、造作が違うだろ。

友人「目鼻立ちが整ってないのに、目鼻立ちが整った顔に、みんな変えられる時代になったんだ」

床屋じゃあるまいし。

友人「美容整形の受付に行ったら、どんな顔にしたいかという顔写真のメニューがあるそうだ。私、この顔にしてちょうだいって注文すると、それに近い顔にしてくれるんだ」

髪型を好みで変えるのはいいが、両親からもらった目鼻立ちを好みに変えるのはバチ当たりだ。

友人「整形してるかどうかは家族写真を見たらイッパツで分かる。可愛らしい娘が、猿みてえな顔の両親と一緒に写ってる」

美容整形にかけるカネがあったら、子どもに使え。

友人「だから、カネをかけて子どもも、親の好みで、目鼻立ちの整った顔に変えるんだそうだ。だから、テレビ見てみろ。平均的に目鼻立ちの整った女ばかりとなったろ。だからどいつもこいつも、誰だっけ?」

その点男は違うぞ。ご先祖様から受け継いだ顔のまんまだ。だから、久しぶりに会うと言われるだろ。

友人「誰だっけ?」

変ってないねと
言われたいけど
整形できない
猿おやじ

人生の先輩として餞別を贈る

ある午後、空港のロビーまで見送りに来たらしいジイサマが懇々と説いていた。

「旅の極意は、ガイドブックを信用するな。観光地ぐらいつまらんものはない。旗ぁ持った現地ガイドにくっ付いてゾロゾロ歩きゃ、どこに行っても日本人旅行者だとバレる。列にくっ付いてりゃいいってもんじゃない。人と同じものを見ても何の経験にもならん。なるべく自分の目で、ナマの外国を探検して来い。日本でゾロゾロ歩いてるガイジン観光客を見ていると、こっちも身構えるだろ。あれじゃ地元しか知らんうまいラーメン屋は探せない。自分で探して、現地に溶け込んで、

……あ！　水道の水は飲むな。腹をこわす。お店で売ってあるポッテボテルの水を飲め。

そいから、こりゃ餞別だ。少ないが旅費の足しにな。いいから取っておけ。土産はいらんぞ。自由に、自分が欲しいものを買え。

アジアの国は、日本人と見ると日本語で『社長さん』と声を掛けて来る。社長

さんと言われたら詐欺だと思え。

『社長さん、ブランド品安いよ。サンローラン、グッチ、オメガ、ソニー、セイコー、ヒュンダイ、ぜんぶホンモノ、八割引きするよ』

ノコノコくっ付いていくと必ず偽物を掴まされる。おまえは利口だからそんなことはないと思うが、ここだけの話、『社長さん、いい娘たくさんいるよ。コッチコッチ』などと言うやつもいる。絶対に騙されるんじゃないぞ。

財布のひもはきつく縛って、肌身離さず、腹巻の中にしっかりしまって、腹巻なんかしねえ？　そうか。いいな、国際的な視野に立って、しっかり外国を見て来いよ。冒険心を持って、純粋に楽しんで来い！『社長さん』に気を付けて、くれぐれも、列を離れるなよ！」

孫「おじいちゃん行ってきます」

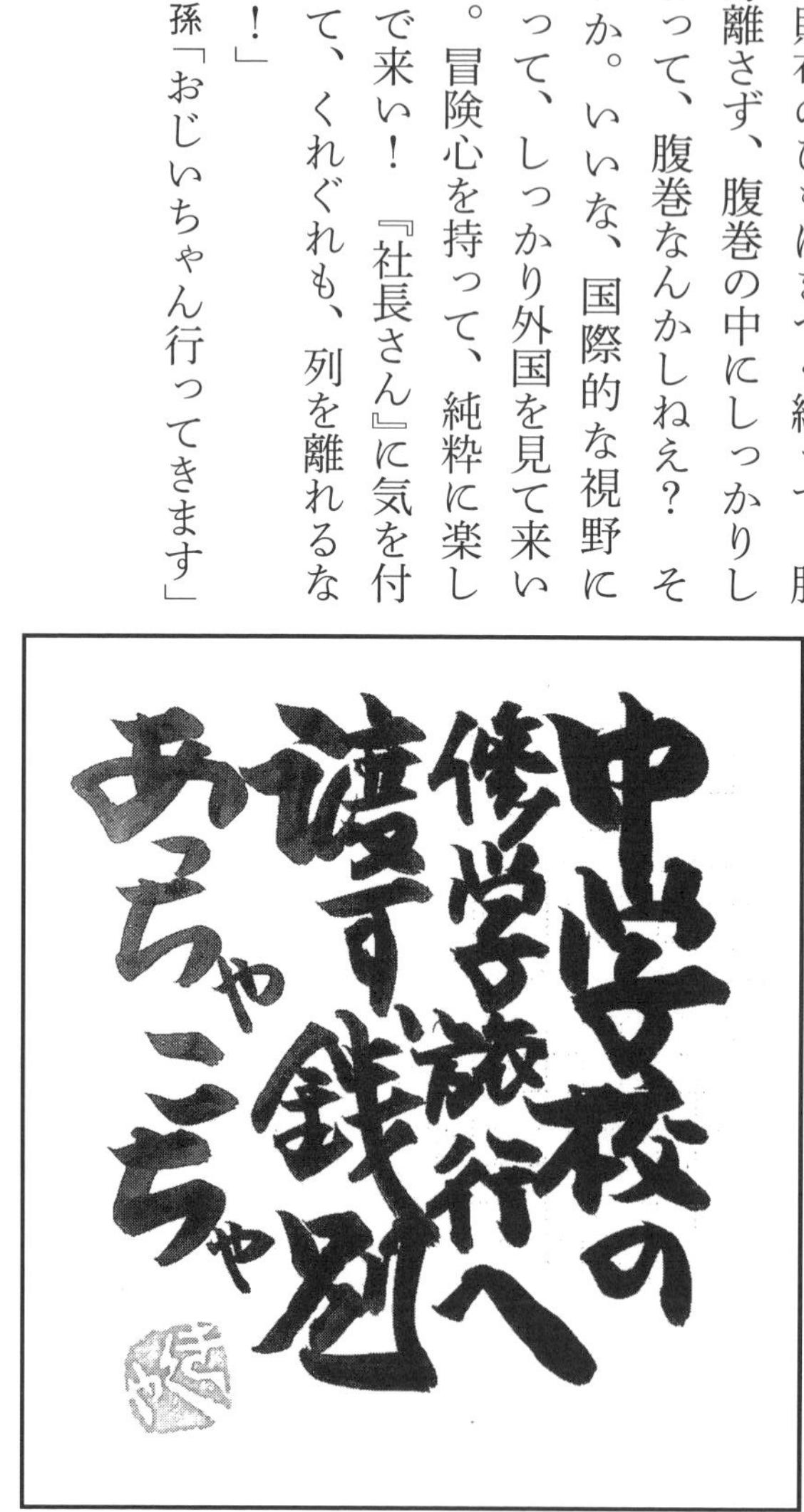

本当はクソババアと言っただろ？

女と男がケンカ腰になるらしいと言うから楽しみにしてたのに、なんだか行儀がよかったな。

女房「だって大統領になる人のテレビ討論会で、世界中に中継されてるんだから、下品なのはいけないのよ」

ヒラリーのほうはともかく、サイコ野郎のほうが『あなたがおっしゃっていることはわたくしとしては承服できかねます』なんて言うか？　成金のホテル王だぞ。もっと口汚くののしってるだろ。

女房「それやったら大統領向きじゃないってバレバレだから、わざとでも丁寧な言葉を使ってるのよ」

バレてもいいさ、オレら日本人に投票権があるわけじゃなし。

女房「どちらか一方に味方すると、ほら、公平な報道じゃなくなるとか言われるのが怖いのよＮＨＫは」

何を今さら。だいたい男と女の討論に両方とも女の同時通訳ってのが男差別だ。

女房「生々しさをなるべく消したほうが言葉が伝わることもあるのよ」

フン、どうもテレビってやつは決めつけが多くていかんぞ。インタビューを日本語で声優が吹き替えると、人種差別、職業差別が丸見えだな。

どっかの物好きが、太陽電池パネルだけのヨットで世界一周に成功した、というニュースで、専門家は「これは歴史的な観点からも、まさに人類の快挙と申せましょう」とか気取った言い方するくせに、同じ質問に市民が答えると「すごいわ、こんなの聞いたことないね」。

それが黒人の男だったりすると、

「ったくクレイジ〜だぜ！」

黒人だって「こんな感動は生涯初の経験です。大いに称賛したいと思います」と言ったかもしれんだろう。

女房「うるさいジジイだこと」

大統領候補討論会だぞ。オレはもっと生の声が聴きたかったぞ。

「黙りやがれクソババア！」とか。

女房「日ごろ言えないもんね」

お世話になって
ありがとさまです
お慕いしてます
クソババア

理不尽なオヤジを撃退する

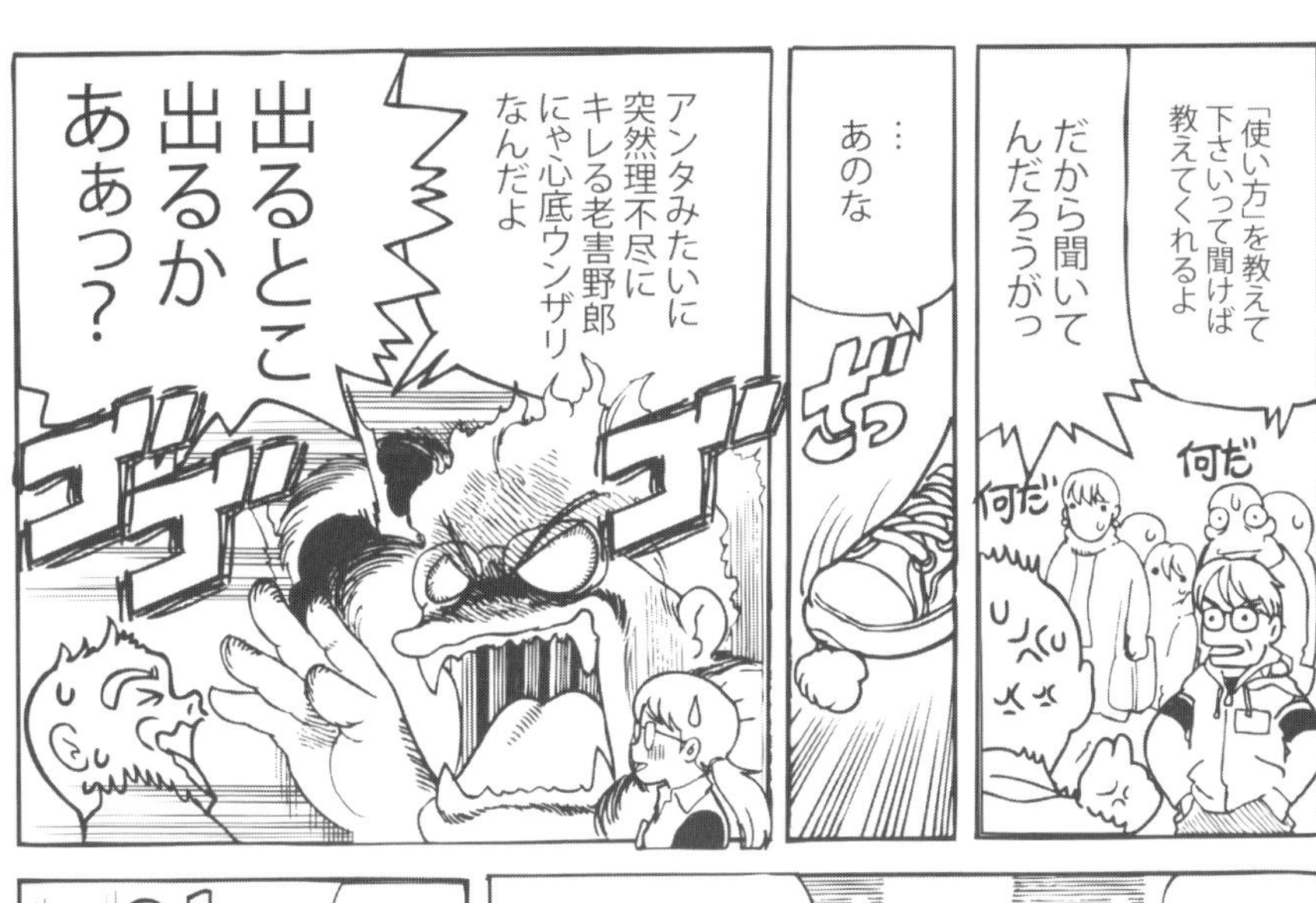

若いやつらはすぐにキレると嘆くオヤジもすぐキレる

電話でメールアドレスをメモする

老夫婦の家の固定電話に電話が掛かって来た。

ただいま妻は不在中ですと言ったら、「フザイチュウ?」

妻は在宅しておりません。

「あれ、お一人暮らしでしたっけ?」

「不在中」が伝わらない。「在宅しておりません」と説明すりゃ、独居老人と間違われる。無礼というより日本語が伝わらないやつかもしれないと、受話器を持ってる掌がジンと汗ばんだ。

ご用件を伝言しますが?

「デンゴン?」

あなたさまのおっしゃりたいことを伝えましょうか?　と言うと、

「あの〜、奥さまとどうしても連絡を取りたいのでメールくださいとお伝えください」

と言いやがるから、あなたさまのメールというのをうちの妻は存じ上げてるん

でしょうか？　と聞くと、

「存じ上げないと思います」

もしもし、それは「ご存知ないと思います」の間違いではないですか？

（と言って電話を切りたかったが、そこはこらえて）

あなたにメールするように伝えますからメールの宛先を教えてください。

と取ったジイサン渾身のメモを帰宅した妻に見せたらちらっと覗いて、「めんどくさいからいいわ」と言ってそれっきりだった。

いいかいジイサンよ、

「なんたらはいふんどうたらアっとこうたらどっと混む」

「なんたら」は名前で「どうたら」は苗字で「こうたら」は会社の名前だろう。「アっと」というのはなジイサン、ウンコの平面図みたいなマークで「@」と書く。ドッと混むは、まあいい。

さてモンダイは「はいふん」だ。

ハイフンというのは……。

灰と牛糞の配合肥料でも造ってる会社かな、と一瞬思っただろ？　オレだって思う。

電話で聞いた
メルアドってのを
音でなぞれば
役立たず

よかれと思ってむしられた経験

忘年会であれこれ喋っている横から、

「ほれ、喋ってないで食え。肉が固くなっちまう。春菊なんざさっと湯通しぐらいが歯ごたえがあっていいんだ。ほれ、入れてやる。鶏肉はよく火を通さないとダメだぞ。いいから喋ってないで食え食え」

（食ってるだろ）

「熱いうちが旨いっすよニシンの塩焼き。センパイむしるのが苦手っすか？　オレ得意ですから任せてください。やったげますよ」

と腹から身をむしる、頭をつまんで大骨を抜く、裏返す、背ビレをシャカシャカと削ぐ、はらわたをせせり出す、

「なに喋ってんだよ、忘年会だぞ。食えって。ほら鶏肉ちょうどいいぞ。牡蠣はもうちょっと待て、オレが言うまで食うな。さっきから喋ってばかりで食ってねえよ全然。おまえ、おれの鍋が食えねえってか？　おじやにしますかうどんにしますかだってよ？　どっちにする？　うどん？　この出汁だとおじやだろ！」

（じゃあ聞くなよ）

「むしる手間省きますから」

骨だけになったニシンの頭と尻尾の間に、はらわたとむしった身を割り箸を両手でナイフとフォークのように使って混ぜ合わせて、これを円錐状に盛り上げる。それへぎゅっとすだちを絞り回して、積み上がったはらわたとむしった身のてんこ盛りのてっぺんへ添えてあった大根おろしを乗せて、ニシンのハラコを脇へ並べて、

「ニシンの冨士盛り雪化粧、小骨まで全部抜き。これ全部食えますよ」

このハラコはまるで、駿河湾に打ち上げられたくじらのドザエモンだな。と言っちまった。

以来忘年会に呼ばれない。

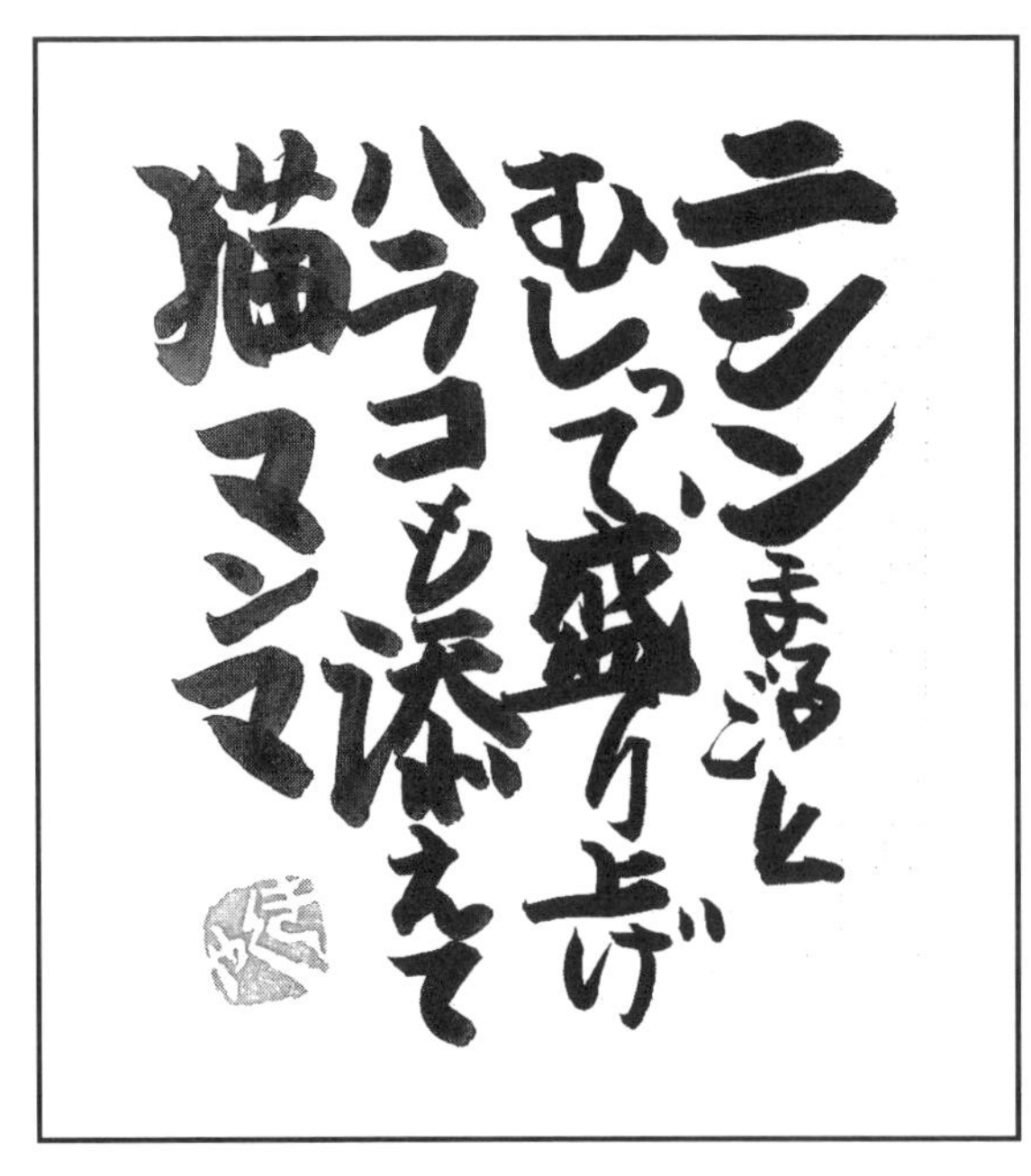

バッハが音楽の父で

通知表でほとんど赤点食らい続けたのが数学、化学、物理、たぶん数字ってのは位を間違えなきゃ生きていけるわい、と高をくくっていたのでハナからやる気が失せたのだ。

国語は得意だった。親父が詩吟をやっていたので、ガキの頃から習わぬ経を読み、小器用にコブシが回ったりしたもので、漢詩の五言絶句とか七言絶句とかで絶句することはなかった。

現代国語は得意だったがテストで百点を取ったことはない。読み書きは暗記すればどうにかなるが、「次の文章を読んで問いに答えよ」という設問中、「作者の言いたいことを述べよ」が苦手だったのだ。

何が言いたかったか類推は出来るが、読み手それぞれの取りようであって、どれが正解ということはない。いつも「作者じゃないから分からない」と書いて大ぺけを食らった挙句、通知表に「ものごとを理解する力が足りない」と書かれた。

案外、音楽は得意だった。小学校のとき、音楽のテストに、

「次の作曲家が何と呼ばれたか、線で結べ」バッハ→音楽の父。ヘンデル→音楽の母。モーツァルト→神童。ベートーベン→楽聖。

あのう、先生。ヘンデルって女のヒトなんですか？

音楽教師はすぐに「男だ」と言った。

男なのになんで母なんですか？

「バッハが父だからだ」

テストの解答用紙に付け足して書いた。

「こういうテストはほとんど意味がないのでよした方がいいと思う」

通知表に「ものごとを正面からとらえる力が足りない」と書かれた。

小学校の校庭に卒業記念で「カナダにある実物大のトーテムポール」を建てるというから、なぜポーテントトールじゃないんですか？　と担任に聞いたら、

「ポーテントトールじゃない。トーテムポールだ」

そうじゃなくて、

「そうじゃなくないだろ」

……あの、それは、カナダにあるからトーテムポールで、九州の小学校に建てても意味ないんじゃないですか？

通知表に「ものごとを協同で達成しようとする力が足りない」と書かれた。

タマタマ付いてる
男ヘンデル
音楽の母とは
変である

正月に黒ヤギさんになった話

おう、年賀状ありがとな。

「いやいや、しょっちゅう会ってんだからわざわざ年賀状出すこともねぇんだが」

田舎のバアサマが死んだもんで喪中だから、誰にも年賀状出さなかった。

「ありゃ、それじゃ年賀状出して悪かったな」

いやいや、こっちの都合だから。

「喪に服してるのに、おめでとうございますって言われるのは縁起でもねぇだろ？」

いやいや、受け取るぶんにゃいいらしいから。まあ、もともと年賀状早く出せと郵便局にせっつかれるのぁ嫌だし、こりゃ年賀状出さなくていい塩梅だと思って、喪中はがきも出さなかったもんで。わりとやっかいなことになった。

「なにがあった？」

まあいつも通り年賀状が来たので、喪中につき年賀状を出しませんでしたけど年賀状ありがとうございます、というはがきを出したら、喪中を知らずに年賀状を出してしまいまして申し訳ありませんでしたというメールが来たので、どういたしまして喪中につき年賀状を出しませんというおはがきを出しましたがもし行き違いになりましたら申し訳ございませんとメールを返したら、かえってお手間でご無礼しましたというメールが来たので、いえいえ、こちらこそご無礼しましたとメールを返信したあたりで、グッタリ疲れた。

「めんどくさいな」

　困ったことに、それだけ何度もやりとりをして、そいつが今どうしてるのか、元気なのか、な〜〜〜んも分からんかった。

「……ところで、お元気ですか？　というメール出すのも、間抜けだしな」

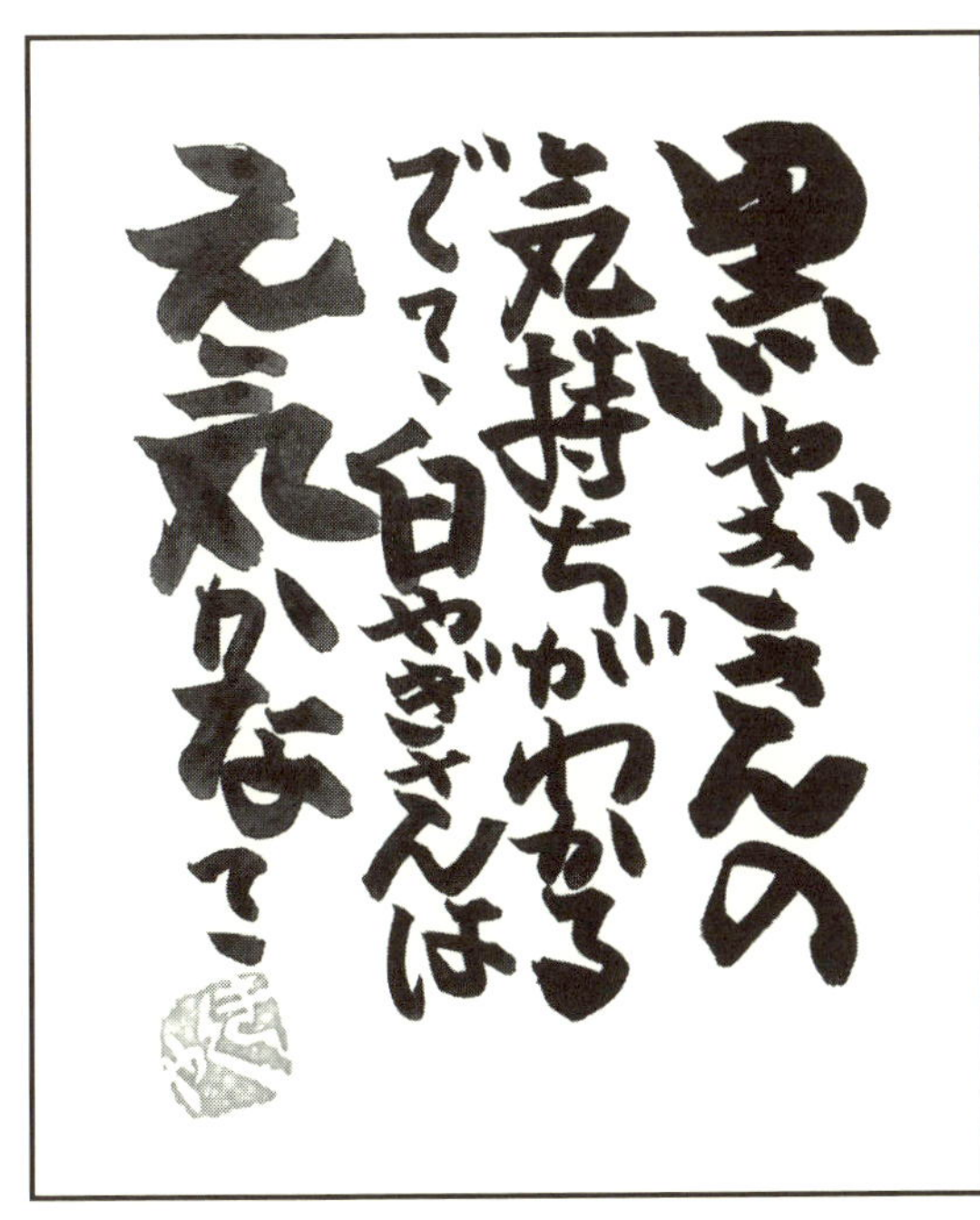

悲しいホラ吹き
オヤジが増えている
呑み処
ひっく
誰にも言うなよ
実は親戚の息子があの○○○なんだ
よくいるんだ呑み屋にこの手合い
ウソをつけーっ!
しーっ声がデカい
山ん中で棒っ切れ振り回してたハナタレ小僧が高校生になって野球が得意
大リーグに行きたいって言い出して困ってるって父親から相談受けてよ
オレの投球ポーズ
みろや
ひゃっ
そもそもそのコに野球教えたのオレだから
…で、何て言ってやったんだ?
若いうちから急にアメリカ行っても上手くいかん
日本で実力つけてからにしろって言った…が
オジサン僕どうしても大リーグに行きたいんですっ!
しくしく
言い出したらきかん性格はオレに似たんだな
…
そこまで言うんならいい人紹介するぞって
誰を紹介してやった?

クリヤマ
大学の後輩だ
マスターもう一杯
話したら一も二もなくすっとんで来や
がったさ
馬刺 700
たこぶつ 500
いそ天 450
ハムカツ 300
あんた高卒だって言ってたよな
夜学に通った苦学生なの
で奴に言ったね
実は岩手の山ん中に凄えのがいるが使ってみる気はないかい?と
このコっすか先輩っ
バッター…すかピッチャーすか
両方凄い一刀流で使え
じみ
じみ
伝説の会談だったな〜
あれから四年
ずっと陰ながら見守ってきたんだ
大谷翔平はオレが育てた
ぱき
先週は錦織圭はオレが育てたってヤツが来たな
うのしょうまもオレが育て…
全国的に親戚にしたい哀しいオヤジの二刀流

ミンシュシュギの国に生まれて

ファミレスに二時間居座ってるババアが二人。

「え！　って思っちゃったわよ」

「なにが？」

「弟が兄ちゃん殺しちゃって平気な国があるって、信じられる？」

「だからあすこは特別なのよ」

「だってあんた、兄弟よ兄弟！」

「だから、自分さえよけりゃ肉親も蹴散らかすやつなのよ〜。なんだか戦国時代みたい」

「戦国時代だったら分かるけどさ。現代社会で、いまだにこういうことを起こしちゃう国って、どゆこと？」

「だってあすこはほら、トップに逆らったら捕まってぶち込まれるのよ。なにしろイットウリョウダンなんだもの」

「イットウ……ドクサイでしょ」

「ドンクサイの、あの国は」

　ドンクサイなどと急に言いやがったところを見ると、関西の出だな？

「野蛮よね。未開って感じ」

「やっぱ発達してないのよ。ミンシュシュギが」

「そうそうそう、この国じゃ考えられないわよ。ミンシュシュギの国に生まれて、ほんと幸せ！」

　あのなおまえたち。毎日毎日毎日毎日、あっちゃこっちゃで親が子を殺し、子が親を殺し、会社が社員を殺し、権力が弱者を見殺しにし、ガッコが子どもを見殺しにし、原発に殺された人が居ても大臣が「原発で人は死んでない」と言い張り、放射能垂れ流しっ放しでも総理がアンダーコントロールと嘘をつくイットウドクサイがこの国だ！　ドンクサイやつが増殖しすぎて涙も出んわい。な〜にがミンシュシュギの国だ！　腐った政治屋に任せてりゃこのザマだバカどもがぁ！

　と叫んだ途端に、共謀罪でぶち込まれるから、オレは言わないからね。

ひとのふり見て
わがふり見ない
灯台下で
「暮らし」てろ

大きな声じゃ言えないが

午後の早い時間、久しぶりに銭湯に行った。広い湯船にひとり浸かっていると、湯気の向こうから太ったジイサマと痩せたジイサマが入って来た。

太ったジイサマ「大きな声じゃ言えねえが」大浴場がわんわん反響するくらい大きな声だった。

「あの件はどうなったんだ？」

痩せたジイサマ「どの県だ？」

太ったジイサマ「四国のどっかに犬猫の大学を作ったが、それが親友だから便宜を図ったの図らないの、総理が図ってないって言ってんだから信用するかしねえかって、あの件だ」

痩せたジイサマ「そりゃ愛媛県だ」

太ったジイサマ「……じゃ、ゴミ溜めにしてた国有地を、安く買ってショウガッコぶっ建てて総理の女房がかかわってたら総理も辞めると言ったけども女房が知らないって言うんだから知らないっていう件は？」

痩せたジイサマ「どっか関西の県だろ」

太ったジイサマ「その女房が、総理の妻と言うよりゃ私人だからって言いながらそこに呼ばれて『ファーストレディとして思うこと』って講演したっていう件だ。あんたどう思う？」

突然振られて、

「はじめっから準備してたんでしょう、ファ〜スト・レディ？」

二人………

痩せたジイサマ「なにしろファーストレディーなんて横文字使やぁいいと思ってるんだから始末が悪いな」

と、これもこっちに振るから、

「ワーストレディですね」

二人………

太ったジイサマ「ま、それはそれとして、オレゃ総理大臣がウインウインの関係と言う度に虫唾が走る。あんたはどうだ？」

と続けざまに振られて、

「だって財界のロボットですもん。動くときの音がね、こう、ウィンウィン」

二人………

太ったジイサマ「こゆことズバッと言わねえんだよマスコミは」

痩せたジイサマ「みんな天ぷら食わせてもらってるからな」

太ったジイサマ「天ぷらなんざ立ち食いのかき揚げで充分だ。だろ?」

とまたもや振られて
「ネギだってたくさん掛けられますしね」

二人………

アメリカファースト
都民ファースト
立ち食いソバじゃ
あるめえし!

すれちがい（その1）

女房に「どこ行ってたの？」と言われて「駅前の本屋」と答えたら、「駅前の本屋なんてとっくに潰れたわよ。で、パチンコは負けたのね？」と畳み掛けられて思わず「いえ、なんとかトントンで、はい」

それっきり会話が途切れたんで焼鳥をせせりに来たとカウンターの中で焼き鳥を焼いているにいちゃんに愚痴を言ったオヤジ。ついでにポソリと尋ねた。

「最近本屋が減って来た。キミは本を読むか？」

にいちゃん「マンガっすね」

オヤジ「オレは近ごろマンガの字もてんで読み辛くなった」

にいちゃん「点で？」

オヤジ「つまり、近ごろはとんと字が読みづらくなったんだ」

にいちゃん「トント？」

オヤジ「てんでとトントは同じことだ」

にいちゃん「点はドットですよ」

オヤジ「……こんなことでオジサンはめげないのだよ。キレないのだよ。今日はな、焼き鳥を焼くプロとしてのキミに聞きたいことがある」
にいちゃん「オレ、バイトっす」
オヤジ「ねぎまを三本頼んで、これを丹念に焼いて秘伝のタレに浸けて」
にいちゃん「秘伝じゃないっすよ、冷凍で届くタレっす」
オヤジ「せっかく串に刺して焼いたねぎま三本を客に出す。それを箸でせせって串からいちいち外して」
にいちゃん「あ〜、いますね」
オヤジ「で、外したやつぁ肉を食って、さて食おうとしたらネギしか残ってなかったり。まあそれはいいとして、串から皿へぶちまける客を、キミはどう思うかね？」
にいちゃん「好きに食えばいいっす」
オヤジ「キミは、目くじら立てるということはないのか？」
にいちゃん「めくじらって？」
オヤジ「だ〜から！　駅前の本屋に行って辞書を引け」
にいちゃん「駅前に本屋ないっすよ」

目にクジラなど
立てるわけなし
腹も立てずに
酒を飲む

こんなCMあったりして

「役所であっちこっちたらい回しにされるの、どうにかなりませんかね？」

おまかせください！　そんな面倒な手続きが、これさえあれば、ワンタッチで終わるんです。

「え～～、そんな便利なモノあるんですか？」

ポケットにも入るこんな小さな機械を役所の窓口でピッと押せば、あ～ら不思議。

「手続きが全部終わったッ！」

どうです。あなたはピッと押すだけ。あとは役所の面倒な手続きを一足飛び。あっという間に認可が下りるんです！

「それほすいッ！」

日本国民一八歳以上であれば貧富の差を問いません。ご登録はとっても簡単です。次の選挙、比例代表にじ・み・ん・と・う。書くだけでＯＫ！

「え～書くだけでいいの？」

ただし、小選挙区は候補者名を。くれぐれも比例代表にだけ書いてくださいね！

「比例代表だけね、じ・み・ん・と・う」

役所の手続きが面倒なあなた、じ・み・ん・と・う、と投票用紙に書いて投票箱に入れるだけで、これ一台無料で差し上げちゃいます！

「無料〜〜〜〜？」

ちょっと待った！　今なら期間限定特別セール。い・し・んと書いてもＯＫにしちゃいましょ！

「書きます書きますッ！」

面倒な役所の手続きもこれさえあればフリーパス！　最新型・全自動ソンタク機！

そこへ白い土偶みたいな白いドレスを着たファーストレディーが出て来て一言

「持ってなきゃ、損タク！」

という新製品が出たら、オレは欲しい。

秘書官へ
演説のとき
「忖度」という字
「スンド」と読むから
カナ振れや

政治屋と有権者のカンケイ

「選挙で与党が負けそうだったがいいタイミングで地震が起きたと言った議員がいただろ」

「おお、いた！」

「大分じゃねえ。関西のやつだ。まともな議員なら、思っていても口に出さねえ」

「口に出さなくても思ってるんじゃまともじゃねえだろ」

「それが政治屋っちゅうもんだ。もしかして、総理あたりは記者どもにメシ食わせながら言ったかもしれんがな」

「これは内々にな？」

「お代官様の意のままに」

「わしに逆らうとどうなるか、分かっておろうの？」

「毒を食らわば皿まで。どわははははは！」

「東北だからよかった、と言った復興大臣な。あいつぁ復興大臣じゃなくて、脳ミソ沸騰大臣？」

「こいつもおんなじだ。誰にとって東北だからよかったか？」

「お代官様にとって！」

「そうだ！　悪徳代官は民のほうを向かねえ。こういうことが起きると必ず言うだろ。『政争の具』にすべきではない」

「清掃用具じゃねえんだからな！」

「掃いて捨てりゃいいんだから清掃用具だ」

「どわははははは！」

「どうせ選挙で地元へあいさつもなしに比例代表復活当選とかしやがるろくでなしだ」

「偉そうに権力を振りかざしてねえで有権者に頭下げろってな！　こういうやつをゴミだと判断する材料がねえから困る」

「そうそう。立候補の挨拶にうちわ一枚持って来やがらねえ！」

なつかしそうにしみじみ、

「昔はよかった………」

比例代表
あいさつもねえ
手ぬぐいぐらい
持って来い

ことわざ新解釈

ことわざにあるだろ。

「果報は寝て待て」あれは字が違うな。ミサイルが飛んで来てもどうせ当たらないから寝て待とうということった。正しくは「火砲は寝て待て」。

そもそも政治家は謙虚じゃねえ。

「人の振り見て我が振り直せ」でねくて「ヒトの不利見て我が不利直せ」。あ、これやると不利だな、というのをヒトが不利になったのを見て、不利にならないようにする。近いのは、「転ばぬ先の杖」。

これも違う。「転ばぬサキの杖」。

サキちゃんという女の子が、前を行くヒトが転びそうになったのに気づいて自分だけ杖をサッと取り出して使ったので転ばなかった。サキちゃんはこうして政治家になり、結論サキ延ばしが得意になった。

近いのは、「石橋を叩いて渡る」。

これは石橋でねくて石破氏が世渡り下手でグズグズしてるのをひっぱたいてつ

ぶさないと世渡りが上手になれませんよ。

同じひっぱたくのでも、「鉄は熱いうちに打て」。

これも違うな。

テツという名の若いもんがあんまり暑い暑いって弱音を吐くから弱音を吐くんじゃねえ我慢しろ！　とひっぱたいて我慢させた。つまり、暑くても水分補修なんかするな！　という道理をわきまえねえ指導者の言いなりになって人任せにすると熱中症にかかりますので自己責任でね、というＩＯＣの警告だな。

さてこの「自己責任」、政治家が盛んに言う。危ない所へ行った方が悪いっていうこったが、これも違うんだ。「事故責任」。

年金なんかに頼ってないで保険に入っておきましょうという政府のキャンペーンだ。保険に入って、なるべく危ねえところへは出掛けねえのがいいト。出掛けりゃミサイルに当たる。

ことわざにあるだろ。「果報は寝て待て」あれは字が違うな。ミサイルが飛んできて……

（これを延々と繰り返す）

ことわざにいわく
果報は寝て待て
待てばカイロで
火傷する

回覧板に書いて来やがったこと
水木荘
毎朝ご苦労さまです
掃いても掃いてもキリ無しですわ
ざっ
ざっ
昔は落ち葉ん中で二枚重ねになってるヤツがあって
はいはいミノムシ
葉っぱを布団みたいにして枝からぶら下がってねぇ
見つけた時は起こしちゃ可哀想なんで草むらに戻してやるんです
当節は見かけなくなりましたね
いや居るんです
?
今でも二枚重なってるのありますよ
ムシだと思ってそっと引っぺがすと違うんだこれが
何が出てきますか?
ガム
ねばっ
いっそ焚火で燃やしてやりたいくらいですな
うわー腹立つ
焚火はやっちゃいけないの
環境保護対策でね

えーっ
じゃあイマ時の子供は焚き火の歌なんか
知らないし歌わない
ちっちっ
カチャ
行ってきまーすっ
私ゃ♪たき火だたき火だ おちばたき〜 ってのは はたきが落ちてるのかと思ってました
ほお
とた
とた
え？無視？
すた
すた
すた
こりゃどうしたもんでしょうな
町内会で決められたの
声掛けしてくる大人には返事しちゃいけないって
あ
おはよう
防犯対策
回覧板見なかった？
もお全国的にそうよ
…
ひょ
おおお
回覧板に書いてたそうだむやみに返事をしないこと

イロハから教えます

講師「はいテキストを開いて。政治家として使うべき用語の例、『これからはタイショコウショからジッコウセイのあるセサクへジクアシを移してまいりたい』

有権者は、なんか難しそうだけど専門家かもしれないから任せようという気になります。でも、意味だけは理解しよう。

タイショコウショから、とは。

平たく言やあ、上から目線で！　それ言っちゃうと選挙に通らないから、タイショコウショ。わかるね？

ジッコウセイのあるセサクへ、とは、平たく言やあ、今までえらそうに実現出来もしないことを実現しますとホラぁ吹く政治家とは違い、もちっと身の丈をわきまえて、やれることをやります！

と、ジクアシを移してまいりたい。今までえらそうに実現出来もしないことを実現しますとホラぁ吹く政治家ばかりですがぁ、私は、やれることをやりますト！　いうほうへ、ちぃとばかし、ジクアシを移す！　つまり、どういうこと？」
受講者「重心を移す？」
講師「移しちゃっていいの？」
受講者「え〜〜〜っと」
講師「いつでも記憶にゴザイマセンと言えるよう逃げ道も作っておく！」
受講者が懸命にメモを取る。
講師「次！　現地視察で、市民の前で使うと効果的な用語の例、『沖縄と本土との温度差を埋める』
これを使うと、支持者はさっすがセンセイと納得します。筆記テストに出る大事なポイントね。ここ大るよ。しかし！　沖縄と本土の温度差は埋まりません。なぜだ？」
受講者「気候が違うから」
講師「正解！」
てなことを、どうたら政経塾で叩きこまれたやつが、公認される。

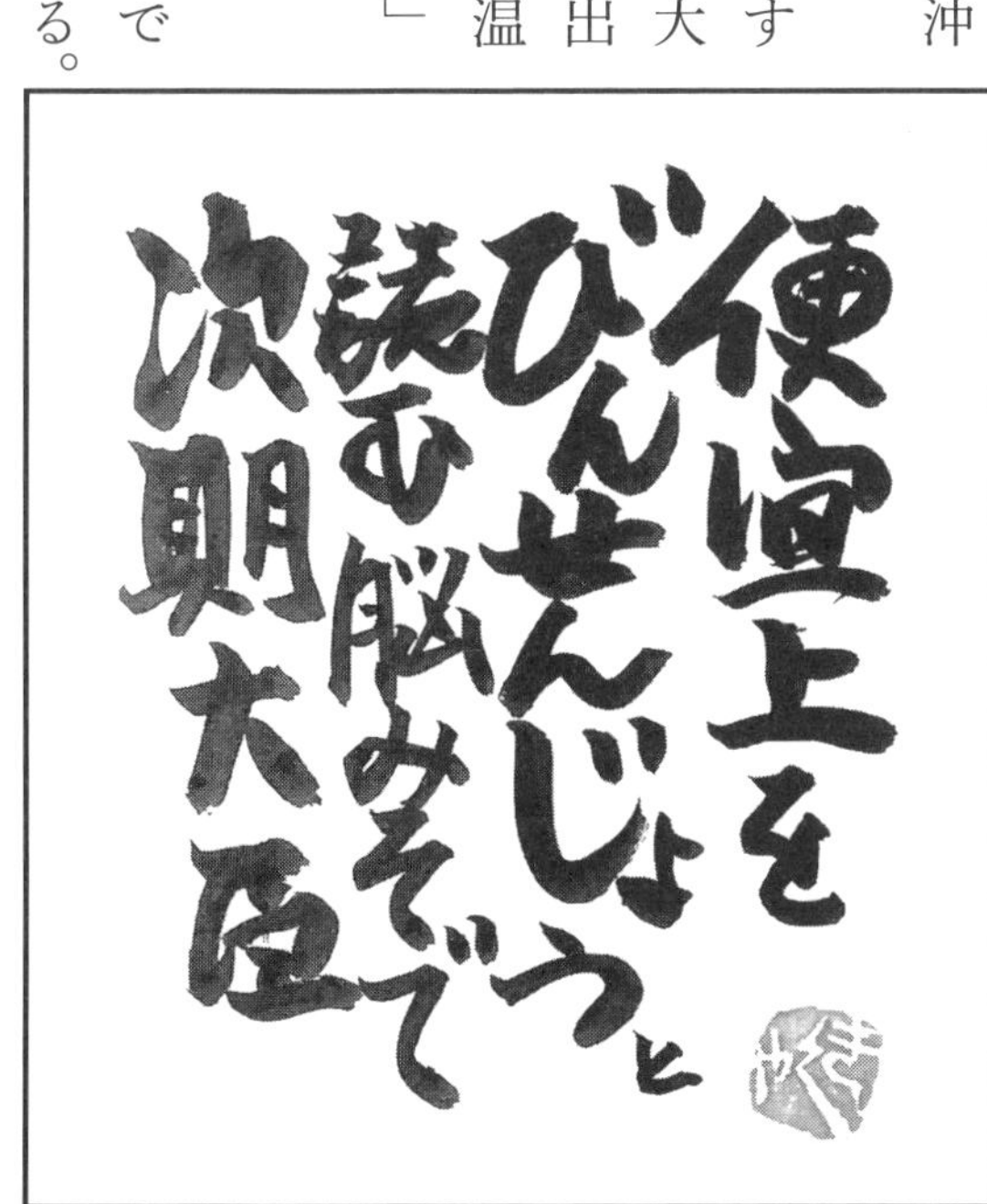

父の日特集

黒ホッピーくれい！　つまみはいらん。

これが飲まずにいられるか！　トップニュースが上野で生まれたパンダの子が生後七日目だト。他にニュースねえのか。

次が、和歌山の動物園で、一四頭の父親となった二四歳のパンダに竹や特製のケーキがプレゼントされましたト。人間でいやあ七〇を超えるじいさんパンダは、次の子宝を期待される中、美味しそうに食べていましたト。

人間七〇超えりゃ子種も涸れる。

しまいにゃ、気になるアンケート結果が出ました。父親より母親を尊敬すると答えた子どもが多いことが分かりました。以上、父の日のニュースでしたト。

ニュースが終わりゃ、次は『ダ〜ウィンが来た』だ。ところで、なぜダーウィンが来るんだ？

これがまた父の日特集だ。

オスが出産するタツノオトシゴやら、せっせとガキに餌を運ぶオス鳥やら、しまいにゃ、飲まず食わずで木の上のメス猿を守るオス猿が、腹ぁ減って木の葉を食おうと手を伸ばした途端に、メス猿からバシッと殴られるんだ。ナレーションが、『あ〜殴られてしまいました！　お父さんはつらいですね〜』だト。

全国の家庭で、『あはは〜、うちとおんなじだ〜！』と笑うガキと母親がゴマンといるってことだ。世の父親を虐げるネタをやりゃ視聴者が喜ぶってのが父の日の定番となっとるんだ。ホッピー、中だけおかわり！

飲み屋のオヤジが唇をひん曲げて言った。

「まあ機嫌直して、アタリメでもつまめや。安酒浴びてぶちまけるってことは、自覚症状があるのかい？」

あったりめ〜だ！

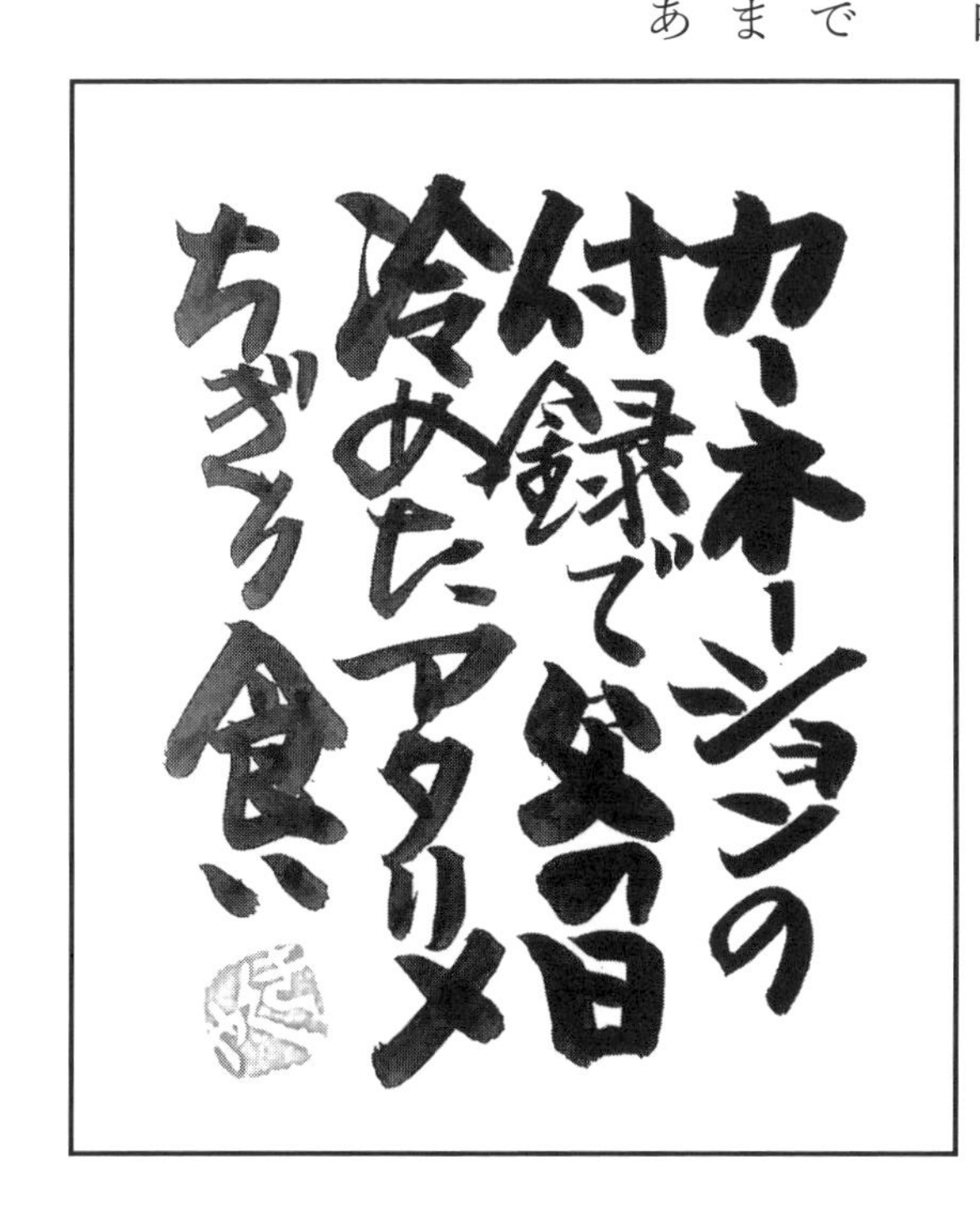

愛してますと言った記憶をたどる

今の大学じゃどう習ってるんだ。夏目漱石はI love youを「月がきれいですね」と訳した。

大学生「それ、ちがうっしょ」

日本語たぁそういうもんだっていう話だ。

大学生「月がきれいですね、は、What beautiful moon it is!」

いいか、惚れた女と二人で旅をしたと思え。

大学生「経験ないっすよ」

ちょいと気の利いた山の温泉宿に着いて、ひとッ風呂浴びて浴衣に着替えて、宿の周りを散歩でもした夕間暮れ、山あいから煌々と輝く満月が顔を出した。それ見ておまえは、ホワットビューチフルムーン・イトイズって言うのか？

大学生「言わないっすね」

なんて言う？

大学生「やべ！」

そんだけか！

大学生「月やべ！」

まあいい、月やべ！　と言ったら相手は、何て言う？

大学生「うわ！　チョ～やば！」

……それで済むなら、それもよかろう。やべ、月やべ。うわ！　チョ～やば！

それで通じ合えば、何も言わん。しかしだ！　プロポーズの言葉に、私はあなたを愛しています！　はいくらなんでも直訳過ぎるだろ？

大学生「まあ、ないっすね」

私はあなたを愛していますと言いたいところを、月がとっても青いから、遠まわりして帰ろ……とか、そこらへんだ。うわ！　チョ～やば！　とどっちがいい？

大学生「奥さんに愛してますって言ったことあるんですか？」

言うわけねえだろ！　カカアにも言ってやったんだ。てめえが死ぬ間際に、愛してますなんて言いやがったら、葬式なんぞ出さねえからなッ！

大学生「何て言われたっすか？」

私のほうが長生きよッ！

おまえ百まで
わしゃ七十まで
あと三十年は
羽根のばす

テイジロかティージロか

キョロキョロしながら歩いてきたテレビタレントとカメラの一団に道を尋ねられて、

「まっつぐ行って突き当りが丁字路だから右へ曲がりゃ着くよ」

若えタレントがびっくりしたような顔をして言った。

「テイジロ？」

丁字路だ。

「ティージロじゃなくて？」

丁字路！

「テイジロかぁ」

テレビのスタッフがあっはっはと笑ったので、

「なにがおかしい？」

若えタレントが制して「いやいやいやいやいや。どうもありがとございま～す。

まっすぐ行くと、テイジロねえ」

と去って行きがてら、わざと大きな声で「お〜あるよテイジロ！」テレビのスタッフがまたあっはっはっはと笑ったそうな。

以下妄想。

丁字路をなぜ笑う？

突き当たってどん詰まり、左右に道が曲がってる所を、丁字路と言うんだ。丁寧の丁という字になってる道だから丁字路だ。丁寧に教えてやったのに、な〜にが「ティージロ」だ。

おめえたちゃ丁寧って漢字を「ティーネイ」と読むのか。日本語勉強し直して年寄りが観ても面白えと、褒められるような番組作れバカ！

と、全員その場へ集めて体育座りさせて説教してやりゃいいものを、ええい、いまいましい。テレビ局の友人に電話して「丁字路」か「T字路」かどっちだ！

と尋ねれば、

「どっちでもＯＫだよ」

年寄りがみんな
巾着紅茶を
読むと思うな
テーバッグ

引っかかったんですけど

突然テレビ局のでれくたーというやつから電話が掛かった。

「駅伝について書いてたのがネットでひっかかったんでお電話しました」

何が引っかかったんですか？

「いえ、あの、駅伝が」

駅伝が引っかかったって、どういうことですか？

「あ、駅伝のルーツを調べてまして」

あなたが？

「はい。あの、夕方の○＝×＃＄って番組で駅伝を取り上げるんです」

で、何が引っかかったんですか？

「駅伝のルーツが飛脚だって書いてるんですよ」

だれが？

「マツザキさんが」

そんなこと書いたかなあ？

「それがひっかかったんです」

引っかかったんですか。

「ひっかかったんです。でぇ、駅伝が飛脚から来てるっていう証拠みたいなもんありますかねえ？」

知りません。

「は？」

駅伝っていう名前だからねえ。

「えっと、飛脚がタスキ掛けて走った証拠とかあるんでしょうか？」

知りません。

「はあ」

たぶん手紙とかをタスキに包んで宿場を渡してったんじゃないかなと、想像したんでしょうよ。

「だれが？」

私が。

「はあ。あの、浮世絵とか調べても、タスキ掛けてる絵はひっかからないんですよねえ」

そうなんですか。

「実際どうなんでしょうねえ？」

どうなんでしょうねえ。

「タスキ掛けてる飛脚とかいたんでしょうかねえ?」

知りません。

「わかりました。またお電話します」

しなくていいよ。

自分で走る
足も萎えたか
あんちょこ野郎の
タスキ掛け

持ち合わせのない言葉

テレビは「黙れうるせえ静かにしろ」を連発したくなるから、ニュースかスポーツ中継しか観なくなった。

もっぱらラジオを聴く。それでも昔から聞いてたラジオの名物番組がどんどん終わって、ラジオでしゃべってる連中も誰だか知らんような若い芸人ばかりになった。揃いも揃ってみんな関西弁で、芸人だから話が巧みかというと、こやつらがひとときに一斉に喋るから、一体何を喋ってるんだかうるさくて分からねえ。だから、ラジオで関西弁で一斉にしゃべくる番組が始まると「黙れうるせえ静かにしろ」を連発したくなるから、最終手段としてＮＨＫに回す。

全体にゆったりと時間が流れて『ラジオ深夜便』とか、もうとっくに現場退いたアナウンサーが朝まで喋ってたりしている。

年寄りを徹夜で仕事させるのが高齢化対策だろうか？　とも思うが、これも政府主導だろう。

『ひるのいこい』とか、あののんびりしたテーマ曲を聴きながら、昼飯食って茶をすりながら、はぁ、やっぱ日本だなあ、と思う。

そのＮＨＫラジオも、最近は分からないことを喋るようになった。英語みたいな日本語で、男がガム噛みながら歌ってんじゃねえ、無礼者！　みたいな曲をかけた後で、ＤＪ女の子がボソっと喋ったんだ。

「こころがピュアにキラキラしてしまう曲でした」

オレも、そこの縁側でぼ〜っとしてるジイサンも、角でくっちゃべってるバアサンも、年寄り優先席を譲ってもらえないジイサンも、それへわれ先に座るバアサンも、
いっぺん探してみてくれや。

体中どこをどうひっくり返しても、「こころがピュアにキラキラしてしまう」という言葉の持ち合わせが、あるか？

もしかして、そりゃもう、徹底的に、完膚なきまでに、オレの心が、プアなんだろうか。

オレのこころが
ピュアにキラキラ
した経験って
ない、んだわ

若いもんに「お達者で」は通じない
チュン
隣の若造が結婚して引っ越しするってんで
「お達者で」つったらキョトンとされた
若い奴らぁ語彙が貧弱だからなぁ
ちゃんと教えてやれや年寄の御役目だぜ
だから日本じゃ「お元気で」と言うのを「お達者で」とも言うっていってやったんだ
チュン
うーん何と答えたか想像はつく
マジすか？
だろ
ついでに「結婚したらどんどん子供を作んないと人間廃れるぞ」って言ったら
「スタレル」って何すか？
だと
…マジすか
だから「廃れる」とは「荒廃する事」って教えた
で？
そしたら
じゃあ子供は増えますねって抜かしやがった
わや わや わや わや
ん？

…あー
分かった
あっ！
コウハイ
＝交配っ！
はい正解☆
ピンポーン
ったくよー
やってられねぇ
よなぁ
で？
そのままじゃ
お前の腹も
収まんねぇ
だろ？
「お達者」の始末が
付いてねぇからな
若造がエレベーター
に乗りしなに言って
やったさ
あのホレ
三波春夫…
じゃねエ
三橋美智也
が歌ってた
たあ〜っ
しゃでなあ
ああ〜♬
…で
どーなった？
とっくにトビラ
は閉まって
やがった
ふっ…
藁にまみれて
育てた栗毛
すたれちゃ
ならねえ
達者でな

本末転倒を孫に説明する

孫が最近、聞きに来る。

「連休で遊んでばかりで勉強しないのはホンマツテントウって言われたんだけど、ど〜ゆ〜意味かなあ？」

ホウマツテントウだろ。泡沫候補が選挙で転んで落選することだ。

孫が「自分で調べるよ」と去ろうとするのをサッと引き留めて、
まあ聞け。本末転倒。……春だな、と思ってたけのこを煮て、木の芽を付け合せようとして、木の芽のほうがたけのこより値が張るので、木の芽をやめておく……分かるか？

「わかんない」

つまり、たけのこが主役で、木の芽はただの添え物、香りつけ。いわばニオイケシだ。

「ニオイケシって？」

じいちゃんの部屋におまえの母親が置いた加齢臭消しのバラの芳香剤みたいな

もんだ。ごまかしても加齢臭が主役だぞ、と、いうこった。

「……分かんない。たけのこにも芳香剤が入ってるわけ？」

芳香剤は入ってなくても、防腐剤とか入った水煮を売ってる。国内製造、原産地中国。ナニが旬の味覚だ。

「じゃ、悪いのは木の芽じゃなくて、中国産のたけのこじゃん？」

まあ聞け。何の疑いもなく、たけのこには木の芽がつきものだからと、高い金を払うことはない。だからじいちゃんは木の芽をよして、本物のたけのこだけを食う。

「中国産の？」

そう。いや、まあ聞け。

じいちゃんは、たとえば選挙でも本物を見分ける。だから、本末転倒してる泡沫候補は落選するんだ。

「じいちゃんが投票した人は？」

本物だと信じて一票入れるんだが、こっちも落ちる。

「まちがって防腐剤とか入っちゃったのかな？」

いや、あくが抜けとらんのだ。

旬のたけのこ
木の芽を添えても
花粉症にゃ
わからねえ

政敵少数者を孫に説明する

またまた孫が聞いて来る。

「じいちゃん、サイダイヨト〜のこっかいぎいんがね。ＬＧＢＴばかりになったらこの国はつぶれるって言ったんだけど、ＬＧＢＴって、なに？　って聞いたら、じいちゃんは自分で調べろって言うから今日から聞かないことにした」

だんだんおまえも成長しとるな。

「ＬＧＢＴってウィキで引くと……」

たぶん、Ｌ長いことＧグダグダＢバカをＴたれ流す政治屋の略だろう。

「せーてきしょうすうしゃの総称」

性的少数者、つまり、男として、女として、だけじゃなく、いろんなふうに生きるんだ、という人もいるから、みんなでちゃんと認めようね、ということだが、これが政治屋にしてみれば、政敵少数者の総称となる。政敵の数が少ないと総理大臣として称賛されますよト。

「そういう意味もあるのかなあ？」

ない。じいちゃんが今作った。

孫よ、禁句って分かるか？

「きんく（調べる）、言ってはいけない言葉。じゃ言わなきゃいいの？」

そこだ！　言わなきゃいいだろってことは？

「心の中では言いたくて言いたくてしようがない」

それだ！　世の中いろんな人がいるってことを認めるのがイヤなんだ。

「でも、あ、まずいと思ったみたいで、言ってもすぐ訂正するよ」

政治屋の場合、たいてい訂正する前に言ったことが、本音だ。

「いろんな人がいちゃ困るの？」

世の中、言うことを聞くやつだけになったほうが支配しやすいだろ。この、日本がつぶれると言ったやつは、総理がまだ学生の時分、家庭教師をやってたやつだ。だからきっと、こういうことをぼっちゃんに教えたに違いない。

〈あいうえお・かるた！〉
あ、あなたの未来は総理大臣。
い、いぬを撫でればついて来る。
う、うまいはなしはすぐに乗れ。
え、えりを正して寄り添うふり。

お、おネエが増えれば国はつぶれる。

「どしょもない大人に育つね！」

だからうちは、おまえに家庭教師なんか付けないんだ。

「お金もないしね」

ぼっちゃんぐらいの
脳みそだって
総理になれます
この国じゃ

水増しの意味を孫に教える

またまた孫の質問攻めに遭う。

「じいちゃん、水増しって何？」

読んで字のごとく、水で薄めるこった。たとえば、ビルを建てるのに使うコンクリを決められた分量より多い水で薄めたら、どうなる？

「地震が来たら倒れるかも」

だからやっちゃいけないンダ。

「じゃ障害者雇用の水増しって、何？」

え〜〜〜っと、その、え〜〜〜〜、障害者雇用促進法という法律があってだな、役所や一般の会社は一定の割合で障害者を雇わなければならないことになっとる。

「なのに雇ってなかったの？」

雇ってないのに雇ってることにしとこう、とか、障害者じゃないヒトも障害者ということにして、雇ったことにしとこうとか、してたんだ。

「それってサ、……しょうがいしゃって、薄める水っていうこと、なわけ？」

孫よ、おまえ、実にするどいぞ！　夏休みとかにやるだろ。『子ども国会』とか。おまえ、応募しろ。模擬国会でソ〜リダイジンに質問してみい。あいつが答えられるかどうか、じいちゃん傍聴席で見届けてやる。

「ソ〜リに質問します。しょうがいしゃの水増し、あなたしょうがいしゃを水だと思ってますか？」

総理はベロベロんなるぞ。役人がメモやらアンチョコやら差し込んで、それはですね、障害者が水なのではなく、ですね。障害者の数？　数を水増ししたわけです。ま、いずれにいたしましても、と同時にですね、その上において、適材適所、障害者に寄り添った政策を実行して参ります。

「なんて言い訳する前に、こっかいぎいんの水増しやめなさい。だいじんの水増しやめなさい。ソ〜リ、ソ〜リ、ソ〜リ！」

孫よ、おまえ、将来議員になれ。

「やだ」

水増しするだけ
脳みそ薄まる
アホな議員の
頭数

並み一丁！　と叫ぶにいちゃんへ

ラーメンを頼むとホールのにいちゃん「並で？」と言うから「それでいい」と言うと、「カウンター六番さん並一丁！」と叫んだ。

「にいちゃん、大声で並と叫ぶな。昔、沖縄返還でこの国は『本土並み』と大声で叫んだ。並みとはなんだ？　沖縄は薩摩から強奪され、この国に跪かされ、アメリカに強姦された。今度は本土『並み』に格上げしてやるから喜べと言いやがった。

そのうち『沖縄は特区』だと言い出しやがった。なんのことたぁない、『軍事特区』だ。な〜にが『特』だ。お前んとこのメニューを見ろ。特盛、大盛、並……。並は一番下か？　沖縄は『特』でも、大盛りでも、並みでもない。半ラーメン！しかも、器は埋め立てで上げ底だ、インチキどもめ！

沖縄弁の『なんくるないさ〜』。にいちゃん意味を知ってるか？　『なんとかなるさ〜』違う。『一所懸命努力すれば、いずれいい日も来よう』ってことだ。この国の権力亡者どもはこれを『なんも考えないでね〜』と思い違えて選挙で叫んでおったわ。考えられると困るからだ。

沖縄は並以下です。埋め立てられて底上げされた半ラーメンです！　と訴える島民を『反日』とか呼び捨てるやつが大手を振って、そこいらへんの駅前でも大きな声で叫んでおろうが、警察官に守られてな！

なんにも考えない民を山のように作り出し、味方に付けて、伝統あるうちゅくしい国を、とれもろして、まいいます！　なんちゅうアホが居座っておる。

そんなときにおまえは、カウンターさん並一丁　などと叫べるか！」

と湯気を立てて言ってやりゃ気持ちがよかろう。

さて、トットと食って店を出ようと、我に帰れば、並ラーメンはカウンターの上で、湯気も立てず、でろでろと伸びているのだった。

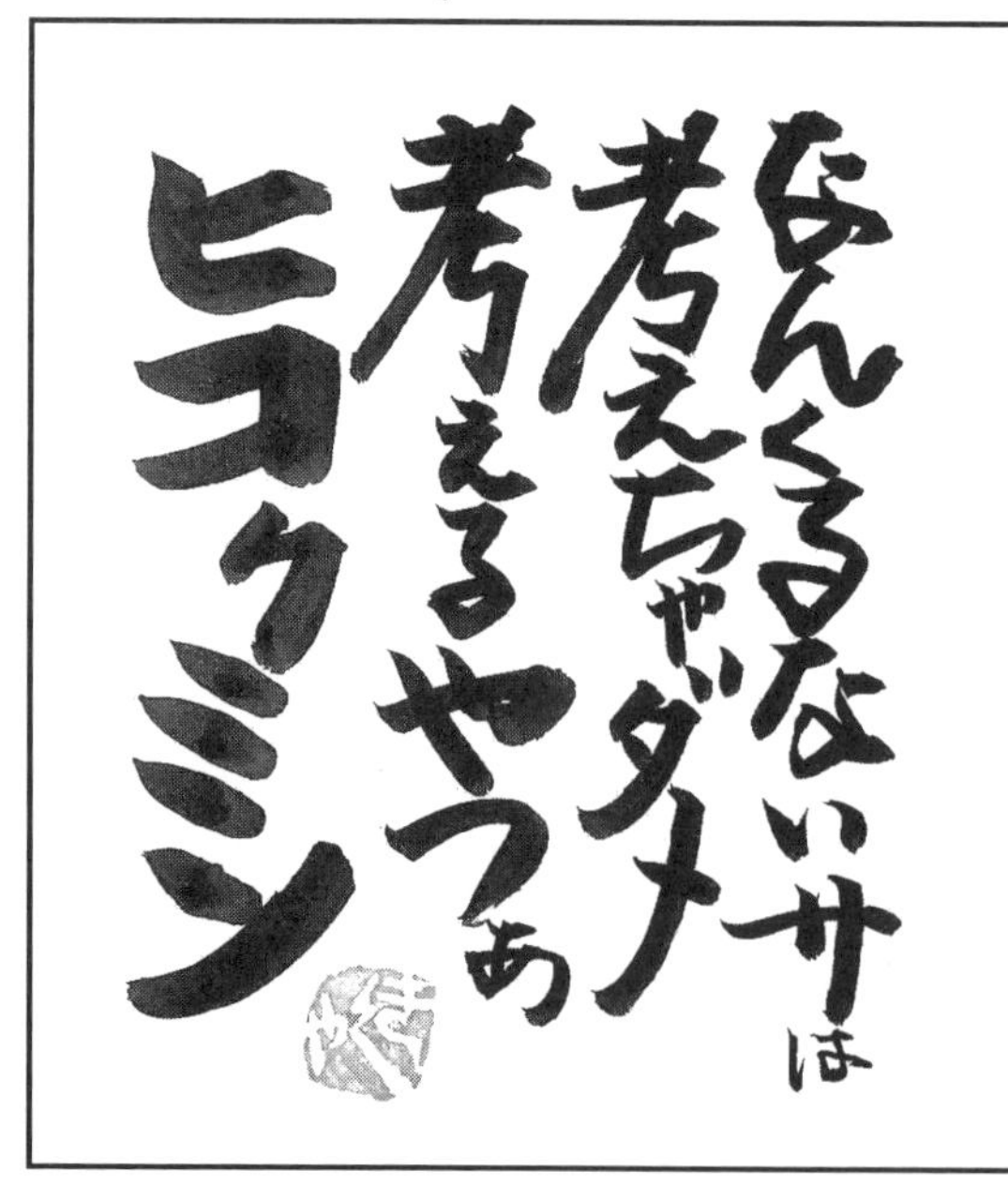

ひとからあげ

数杯のホッピーで目が座ってきたジジイが飲み屋のあんちゃんに。

――キミは子どもなんか産まないほうが幸せと思ってるのか？

「それはないっすね」

だろ！　それをだな、最近の若いやつはと一つにからげて言っちゃう。

（奥へ）「ハイカウンター一番からあげ一丁！」。

全部ひとからげにして、最近の若いもんはと決めつけるジジイがいる。世の中には子どもを産みたくても産めない人もいるンダ。それを、全部ひとからげにして最近の若いもんは子どもを生まないほうが幸せだと思ってるなんて言う資格があるのか。若いもんが子どもを育てやすい社会を作るのをほっぽらかして、何を言うかクソ政治家が！　最低でも子ども三人は産むべきだ、などと勝手なことを言うな！

「誰っすか？」

キミは新聞読まないのか？

「読まないっすね」

それがやつの思う壺なんだ。キミは子どもは欲しいのか？

「考えたことないっすよ」

考えたほうがいい。てめえの人生なんだからな。

「子ども欲しいもなにも、彼女いないっすから」

長いのか？

「まだ二三っす」

彼女がいない歴は長いのかと聞いてんだ。

「三年ぐらいっすかね」

オレなんざ六年彼女がいなかった。

「うわ、先輩っすね」

まあナンだ。次に彼女を作るなら、結婚して添い遂げる気合を持たにゃ。産む産まないはキミたちの自由だがな。

（奥を気にしながら）「給料安いっすからね」

人間カネじゃない。今は共働きが当たり前だ。ぜいたく言わなきゃキミにも彼女はできる。明るくて、しっかり者で、ダンナを尻に敷かず、なにはなくとも、健康で……、少なくとも子ども三人は産める女を選びなさい。

偉(えら)そうに見下だし
産めよ増やせよ
子種も凋れた
くそジジイ

すれちがい
（その２）
なー
お姉ちゃん
西洋花札みてえな名前の奴が今のアメリカの大統領って知ってるかい？
さ～
トランプだよ
覚えといた方がいいよこの国のボスでもあるわけだからさ
は～
アメリカの属国なのにあの国の選挙権も与えられないんだぞオレたち日本国民はっ
はい
満タンっす～
そりゃオーバーですよ
そのくせ日本はアメリカの五十一番目の週として認めてもらえないんだぞ
腹立つなー
わたし選挙一回も行ったことないです～
で
西洋花札男の公約
メキシコとの国境に壁建設する事
そりゃセメントたくさん要りますね～
日本に対しては
自国の防衛テメエで出来ないんだったら駐留米軍引きあげるってよ
自衛隊忙しくなりますね～

なるね
で自衛隊員だったのが国防隊員と名前が変わる
給料上がりますかね～？
そりゃ分らんが死ぬ確率は上がるな
それってヤバいことなんですか～？
ぴょおーー…
国境のカベより厚いカベ
いいか若者よっく聞け
アメリカがくしゃみしたウィルスをキミは胸一杯吸い込んでいるっていう自覚を持て
たまにゃ化粧しがてらニュースを見ろっ新聞を読めっ！
ぷしゅ〜〜
…で幾らだ
20リットル3100円です
た…高けー
イランとサウジの仲悪いんで原油価格上がってますから～
ニュース観てないんですか～？
…
へっ
アメリカのくしゃみ吸い込みながら晩のおかずは何にしよ

しがらみとしらがみの違いを孫に教える

ま~ったく、なにがしがらみのない政治だ！　しがらみだらけのくせしやがって。

「じいちゃん怒ってる」

有権者として怒った方がいいんだ。そもそもしがらみとは？

「ばあちゃんの髪の毛」

それは、白髪。シラガミ。じいちゃんのは、しがらみ！

「つまり、しがらみって、ハゲてること？」

しがらみのない政治！

「しがらみのない……セ~ジ」

そう言って隠してる。

「ハゲてるのを？」

ちがう。

「じゃ、じいちゃんは、隠してないから、しがらみが、あるんだ？」

……いいか孫よ。しがらみがない、というのは、堰き止めるものがない、まとわりついたり、邪魔をしたりするものがない、という意味だ。

「だから、じいちゃんは、ブラシとか要らない」

その話は置いておけ。しがらみがない政治と言ってるやつぁ、実際はまとわりついてるやつがワンサカいるんだ。身の周りはしがらみだらけのくせに、しがらみがないなんて、いけしゃあしゃあと言う。そこを見抜く目があるかどうか。おまえはじいちゃんに学べ。じいちゃんなんか、これっぽっちもしがらみがない。

「だから、ハゲてるんだ？」

ともかく！　今日になって解散総選挙したくせに、昨日まで解散総選挙などまったくの白紙ですと言ってたやつはウソつきと知れ。

「テストの答案、ときどき白紙で出すよ」

なんか書けよ。

「書いてもペケだし」

先生に叱られたら何と言う。

「ボクの心はいつも真っ白ですって言う」

しがらみあると
うれしいくせに
しがらみないと
胸を張る

ごめいわくをかけましたはセーフか？

ますますどんどん孫が尋ねて来る。

「沖縄の空で落っこったり、落っことしたり、次々あるけど、サイハンリツが高いよね？」

再犯率……たしかにな。

「アメリカぐんのひとが来て、ごめいわくをかけましただって」

昔、日本の総理が戦争が終わった後に中国に行って、もっぺん仲良くしてくださいって頼んだときに「ごめいわくをかけた」って言ったら中国が怒った。

「ごめいわくって？」

自分がやったことで、相手が不愉快になるこったな。

「不愉快にさせたんだ？」

たくさん人殺して、不愉快にさせましたじゃ済まんあろ。「罪を犯しました過ちでした」と言うべきだ。

「でも、アメリカぐんは、ごめわくをかけましただよ？」

軍隊ってのは、人を殺してもいいことになってる。まして、爆弾じゃない、モノを落っことすぐらい、屁でもない。それを、わざわざごめいわくをかけましたと、沖縄にゃ特別に言ってやってると、思ってる。

「でさ、カンボ〜チョ〜カンが、こういうことが二度とおきないように、セーフとしても努力します、だって」

努力するのはアメリカ軍だけれども、セーフとして「も」、ついでに、努力する、ぐらいのことは、言っといてやろう。これがセーフだ。

「おきなわのひとによりそう、っていつも言ってるじゃんセーフ」

沖縄をはじめとする日本中のアメリカ軍のひとに、寄り添ってるんだセーフは。

「ベッタリ？」

そらもうベッッッッッッタリ。これがセーフだ！

「アウトだ！」

ヨヨヨイヨイ、ぁめでてえな？

【淡谷のり子風な都々逸】

窓が外れりゃ
学校に落とす
メリケンヘリの
ごめいわく

その話は何度も聞いたと言われても

政治家の答弁で「先ほども申し上げました通り」というのは実に見苦しい。さっき言ったんならもう言わなくていいのだ。「繰り返しになりますが」というのもそうだ。

議長はそういう場合、ビシリと警告を発するべきだ。「何度も同じ答弁を繰り返すことを禁じます！」

ただまあ、そういう場合「言い換えますすなれば」と前置きして、同じ答弁を繰り返す。これ話したかもしれんが……。

と切り出すと、

「へえ。そりゃ初めて聞いた」

と返されて、ようしよしと意気込んで、酒の二、三杯も進んだ頃、

「これも前に話したかもしれんが」

と更に風呂敷を広げると、

「いや、それも初めて聞いた」

と返されたもんだで、舌も滑らかに、どんどん酒が進み、

「しかもだ、これはまだ話したことはないと思うが」

と、ついに引き出しの奥で相当に温めたとっておきの風呂敷を広げて、

「こりゃいいや！　初耳だぁ！」

と感心されりゃ、やったぜどうだ、矢でも鉄砲でも持って来いってんだ。驚いて目ぇ剥くんじゃねえぞ。これぞオレ様の英知と思え！

と勘定書きをひっつかみ「いやいや久しぶりにいい酒を飲んだ。マスターお勘定。今日はねオレ奢るから」

「なにを言ってんだよ、いい話を聞いたんだから、今日はオレが」

「およしなさいって、いい心持ちになったほうが払うんだから」

「ちょっと待って。今日はダメ」

「いいのいいの領収書あなたが取っといて」

勘定書きをふんだくり合って、ああでもないこうでもない、

「どっちが払ってもいいから早く店の戸閉めてくれやい、風が吹き込んでんだ」

てなことをやつらが出てってから、小さくマスターに愚痴ると、
マスター「さっきの話、あの二人、うちで五回はしてますね」

いやだねどうも、年ぁ取りたかぁねえな、オレは初耳だよ。

「いいえ、お客さんも三回は聞いてます」

なんべん聞いても
おもろい話は
なんべんも話す
ようく聞け

お電話を増設してお待ちしてます

年がら年中、郵便受けに年寄りにカネ使わせようって誘い文が届く。

「血圧が一三〇を超えてませんか？　実は私も超えてるんですよ。これ飲むと血圧が正常値に戻りましてね。トクホだから間違いなし。ただし、飲むのをやめたら途端に一三〇超えちゃうから、気をつけましょう」

死ぬまで飲み続けるのは降圧剤だけで足りてんだバカ！

「毎日五キロは走れます。六五歳に見られたくありませんよね」

オレは六五歳に見られて平気だ。めんどくせえと思ったらやらねえ。いらん世話だ。

「七〇歳、スッピンです」

「ええええええ〜〜っ！　絶対七〇には見えないシ〜〜〜っ！」

てなサプリを毎日飲んでて、朝からおめえはパーマ屋で白髪染めてセットして塗りたくって粉まぶして口紅引いて、チャイムが鳴ったらサッと玄関開けて、

「ごめんください、〇〇テレビです。ちょっと通りがかったんですけど、お話よ

ろしいですか？」

「あら、テレビ？　やだ、どうしよ」

ケッ、部屋中に香水撒いてずっと待ってたくせしやがってくそババア。

ええい夜中まで人騒がせもいい加減にせい。

「さてお値段です。今だけ、初回限定ひと箱九八〇円！　番組終了後三〇分、お電話を増設してお待ちしてます！」

ホントだな？　夜中の二時半に〇一二〇……電話してみた。

抑揚のないねいちゃんの声で、

「本日の受付は終了いたしました」

ふん、年寄りを食いものにするペテン野郎め、と電話を切って、

えっと、今、原稿書いとったんだ。ええい何書いてたか忘れたわい！　とまたテレビを点けりゃ、

「最近物忘れがひどいあなたにこのサプリ！」

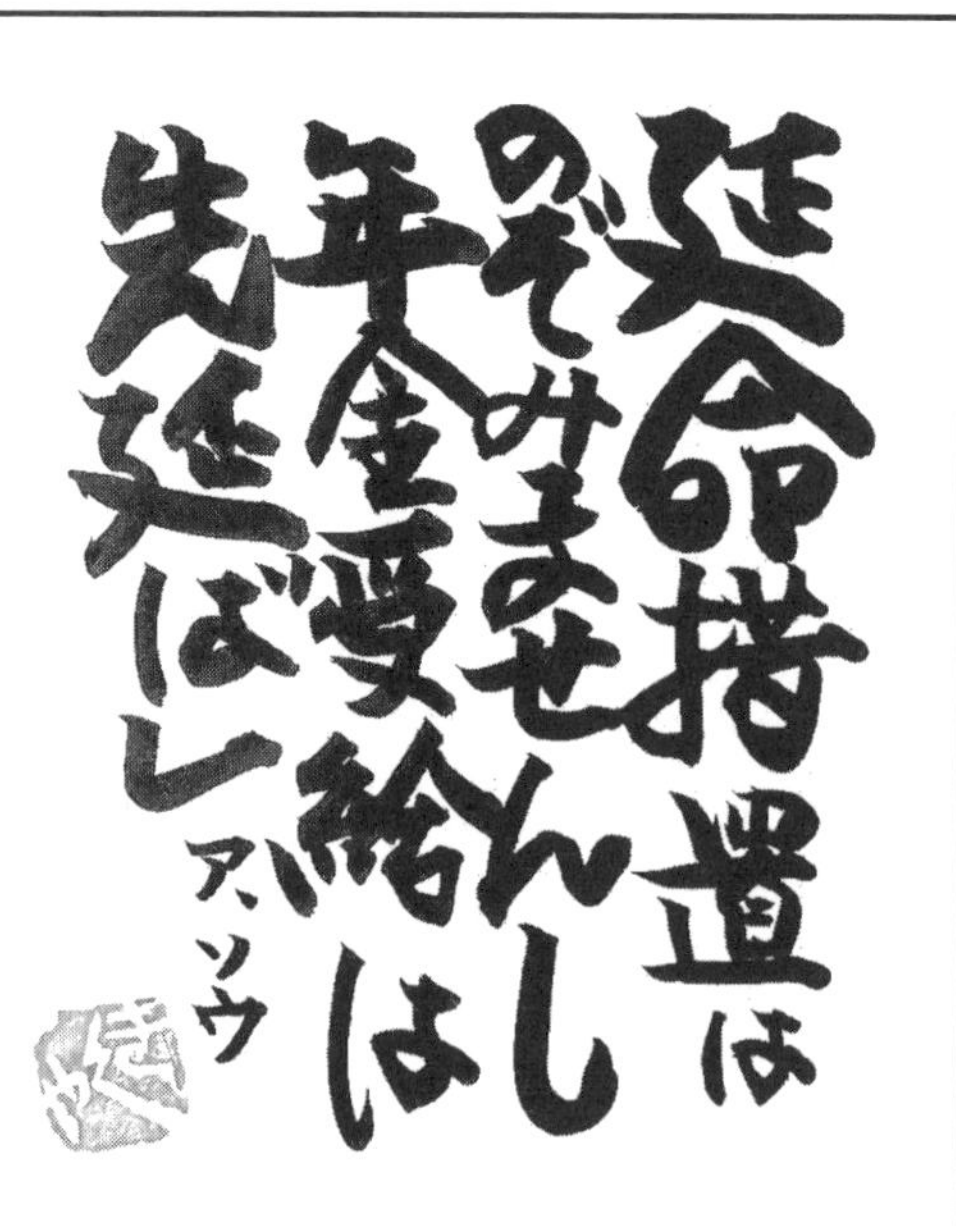

日本人はたくさん説明されていた

昔、有名映画監督のお撮りあそばした、古い屋敷で起こった殺人事件を名探偵が解き明かす映画でな。

座敷で突然主人公の若い女が軍服を着た何者かに襲われて「キャ〜」と卒倒したら、妹が駆け込んできて、姉を抱き起しながら言うんだ。

「たった今兵隊服姿の男が慌てて廊下から庭へ飛び出して行くところを見かけたんだけど、大丈夫？」

………意識朦朧となって横たわる身内を抱きかかえて、これだけ説明的なセリフを言わせる監督であらせられた。

昔、有名な青春スターがかなり太って恰幅よくおなりになった頃の刑事ドラマでな。こんなシーンが毎週あった。

デスクの電話がリンと鳴ってボスが煙草をもみ消しながら受話器を取って、

「はい、七転び署。なに？　新宿二丁目の『バーやまちゃん』のトイレで年の頃なら四五、六の男が胸をナイフでひと突きされて殺されてる？　よし、すぐ行く」

…………殺人課のデスクに一報が入る緊張した電話のやり取りでこれだけ説明的なセリフを、眉根に皺を寄せてひじょ〜にかっこよく演じる青春スターであらせられた。

昔、有名脚本家先生がお書きになったホームドラマにいたっては、こんなシーンがあったんだ。

茶の間の電話がリンリンと鳴って長女が受話器を取って喋るんだ。

「はいはい、あら○夫さんお久しぶり。そろそろ○夫さんから電話がかかってくる頃じゃないかしらってみんな思っていたの。どう、元気なの？　そう、そりゃよかったわ、新婚早々だし、うまく行ってるのかしらって家族みんなで心配してたんだけど、心配することなかったわね。え？　△子が今朝出てったきり夜の一○時になるっていうのにまだ帰って来ないからうちに来てるんじゃないかと思って電話した？　来てないわよ。親しいお友達の家とかよく行く喫茶店とかお花の先生とか片っ端から電話したんだけどどこも来てないって言われたですって？　△子ったらいったいどうしたのかしら？」

………こんなに具体的で説明的な長セリフを文句ひとつ言わずに覚え込んだ有名俳優さまもすげえが、毎週懲りずに拝見していた視聴者もすげえだろ。

日本人はグダグダ説明されりゃ、なんだか得心する民族であった。

それがどうだ。最近は具体的に説明責任を果たすやつは一人もいなくなったし、もっとちゃんと説明してくれないと分からないぞ！　と耳そばだてる民もいなくなった。

不祥事起こしたアホ議員が次の選挙で復活当選するのはそのせいだ。

どうせ解らぬ
ありがたいあたり
短くひとつ
手短に

黙って観ていられないタチ

テレビで昔の怪獣映画をやった。

キングギドラ対ゴジラ。すごいぞ。自分の星でキングギドラが暴れまわって手に負えないから地球のゴジラとラドンを貸してほしいと宇宙人が宝田明とニック・アダムスに頼むんだ。ニック・アダムス知ってるか？

アメリカのチョイ役だ。

チョイ役でも一応ハリウッド映画スターの端くれだったもんで、それを拝み倒して日本で怪獣映画の主役として出演してもらえませんか？ 世界のクロサワと世界のミフネのいる超一流の映画会社が、総力を結集した大スペクタクル特撮映画で、特技監督は世界の円谷英二です。と頭を下げまくって、ようやく出演してもらって、日本映画もハリウッドに劣らず一流だぞってアメリカに自慢した時代だ。

そう、今とおんなじだ。

宇宙人は土屋嘉男だ。この時代は宇宙人が日本語しゃべるんだ。なんつったたって日本映画だからな。

土屋嘉男はクロサワ映画で世界に知られたが、宇宙人とか透明人間もやった怪奇俳優でもあった。

どうだ、ゴジラが可愛いだろ。ゴジラは中島春雄がやっていた。今はCDとかでごまかすが、あ、CGか？　どっちでもいいや。当時は中島春雄タオルかぶって中に入って窒息しそうになりながら演技してたんだ。

博士は平田昭彦だったが、一作目で東京湾に沈んだんで小泉博とかもやってたが、この映画じゃ？

おう田崎潤が博士だ！

田崎潤知ってるか？　田崎潤はどの役をやっても田崎潤だ。青森出身で津軽弁が達者で「八甲田山」だけは見事だった。まあ観てろ。ゴジラがキングギドラの光線を受けて「シェ〜」をやる。赤塚不二夫のマンガでイヤミがやってヒットしたからゴジラもつられてやったンダ。

しかし何だな。ゴジラとラドンの二大怪獣を牽引光線で自分の星まで運ぶ技術がある宇宙人ならキングギドラ一匹ぐらい光線で宇宙に運んで捨てりゃいいのに、こりゃなんかあるな？　と睨んだら、ここだけの話、宇宙人の土屋嘉男は地球征服を企んでいやがるんだ。

円谷英二にしちゃちょいと荒れた仕事してやがるな。ホレ、キングギドラの首

を吊ってる糸が見えるだろ。これがホントの意図丸見え、ぶわはは！　どうだ、
おもしろいか？
孫「じいちゃんがうるさい」

思い出ひとつ
引っ張り出せば
芋づる式に
しゃべる口

杖突きジイサンになって悪いか

温泉健康ランドの大浴場に友人と二人。

「湯船に浸かるときに気をつけてる。イヤイヤイヤイヤ〜！　って唸って、ついでに、ア〜〜イタタタ！　なんてくっ付けてみろ」

解放感に酔いしれて何が悪い。

「そうじゃねえ。まわりの若えもんの、憐れむような視線が痛いのなんの」

あれは快感の発露だ。膝の上の猫がゴロゴロゴロ喉を鳴らすのと一緒だ。恥ずかしがることはない。

「オレは恥ずかしい。最近立ち上がる時も腰掛ける時もヨッコラショなんて声を出すようになった。ヨッコラショの後に、ヤレヤレ……なんてくっ付けた日にゃ目も当てられんな。そろそろ杖の世話になるんじゃねえかと憂鬱になってるんだ」

杖突きジイサンになることをなぜ嫌がる？

「杖に頼りたくねえだろ」

イギリスでは杖突きジイサンは紳士の証しだ。足二本にもう一本足して三本で歩いたほうが悠然と胸張って歩けるだろ。杖を突くのは素敵なんだ。それが証拠に杖を英語でステッキと言う。

「うそを言え！」

『転ばぬ先の杖』の本当の意味を知ってるか？

「だから、転ばない先に杖にすがりついたほうが安全だ」

違う。転ばぬ先に杖を突けば転ばないで済んだのに、杖を突かずに、ツエ～んだぞ！　と見栄張ったら、相手が本気出したんで転んだんだ。転ばぬ先に勘違いしてツエ～んだと大声で怒鳴っちゃひでえ目に遭う。これを繰り返してるんだこの国ゃ。

ん～な湯船の縁にぼ～っと腰掛けてると湯冷めすっぞ。転ばぬ先の杖って言うだろ。

（この際ザブと湯に浸かり）

イヤイヤイヤイヤ～！

ア～～イタタタタ！

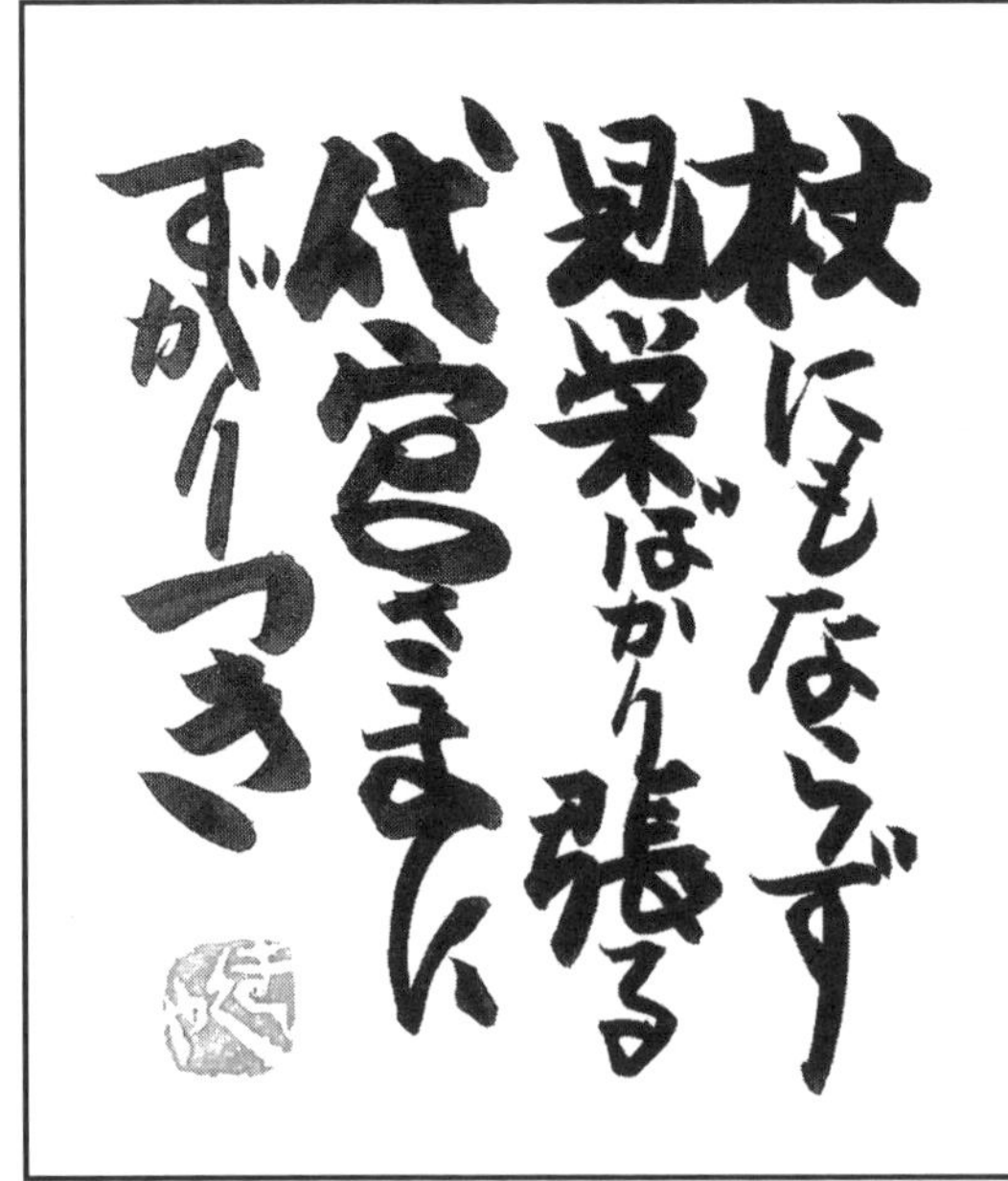

甘木さんでよろしかったでしょうか？

「マッザキ様でよろしかったでしょうか？」

よろしかったですが、なにか？

「え〜当社のスマホ長期契約のユーザー様へご案内させていただいてます担当の甘木ですが、ただいまお電話中のお客様はマッザキ様ご本人様でよろしかったでしょうか？」

よろしかったです。

「ただ今お時間いただいてよろしかったでしょうか？」

よろしくないです。

「では、のちほどお電話させていただいてよろしかったでしょうか？」

夕方また電話が掛かって、寸分違わぬことを繰り返したので思わず、

――甘木さん、目の前のマニュアルをお読みでしょうが、国内から？

「はい？」

アジアとかの海外にあるアジトからのサギ電話が多いらしいんで気をつけてる

んですわ。

「国内からのご案内させていただいてます。えっと、ユーザー様の今お使いになれておられますスマホの機種が耐用年数を過ぎます頃となりましたので、新しい新機種にお買い換えでよろしかったしょうか？」

新しい新機種ってあるの？

「ご案内させていただいて、よろしかったでしょうか？」

このスマホ、充電長持ちしなくなったし、もう限界だから買い替えるけど、

「あ、ありがとうございます！　では、ご契約期間内の乗り換えのご案内ということで、よろしかったでしょうか？」

端末代は一括で払います。

「はい？　え～、分割でお願いすることでよろしかったですか？」

私、分割きらいだから、端末代を一括で払いたいの。

「え～、分割のお支払いというシステムのみの対応になってございます」

あ、じゃお宅のスマホやめるわ。さいなら～！

と電話を切った。

甘木さん、契約本数で時給が決まる大企業の末端子会社で苦労する非正規契約社員であられるとすれば恐縮だが、許されよ。ただし、こういう事案の対応は、甘木さんは「某」を上下に分けた仮名ということで、よろしかったでしょうか？

前例のない
対応はしない
大臣答弁じゃ
あるまいし

今日はおしっこ出たの？
プァー
点滴は？
ガタン
してきた
ガタン
レントゲン採ったんでしょ？
石とか溜まってる感じはないからまず大丈夫って
ピクッ
検査の結果はどうなったの？
クレアチンは高めだけど横ばいだって
うんうん
よかったよかった
数値は1・35
うーんまだ高いわねぇ
高いねオレは1・25だもん
ガタン
ガタン
でも悪化してはいないってさ
気休めは良くないぞ
で今日はオシッコ出たの？
出たでた
いっぱい出た？
出たでた
おいおーいっ！

固いの？柔らかいの？
固いのがゴロンって
四日出なかったんでしょ？
いや三日
四日よぉわたし数えてた
ぎりぎりぎり
そんぐらいにしとけって
便秘の薬は出してくれなかった
でもまぁ出て良かったわ
ウンコればっかりはな
そこでシャレかい！
トシ取ると内臓弱るからね
まだそんなジジィじゃねえよ
自分だけ若いと思いたいんだ
くるっ
でも腎臓は不治の病だからね
保険利かないし
えーっじつ腎臓保険利かないってえっ？
がーん
本当お金掛かるわねぇウチのミーちゃんは
ミーちゃん
飼いネコのことだったんかーいっ
おしっこ出たのうんこは出たのネコのことだと先に言え！

お困りのセンセイへ

今夜は、本当にあるという、こわい話をひとつ。

……千代田区永田町から赤坂にかけての裏道にゃ、ひと昔前までは、センセイと呼ばれて反っくり返るようなやつらが密談するための料亭があったが、最近は数も減った。

なにしろ坂道が急で骨が折れる。な〜に、センセイは骨が折れたりはせん。黒塗りのリムジンで乗り付けるから坂道は苦にならんのだ。

選挙のときだけ支持者に駆け寄って握手を求めたり、日ごろから足腰鍛えてます、てな振りをするが、実際は足なんか退化しそうな魑魅魍魎が、この永田町にゃ今でも巣食っておるのだ。

普通の人間なら、急坂が災いして近づきもせんような裏道をくねくねと上ったどん詰まりに、うらさびれて目立たないビルがあってな。

地下へ続く階段を降りると、裸電球に照らされたドアの前に看板が下がっておる。

「よろず書類出します。二四時間、医師、司法書士、弁護士待機」

裏にメニューが書いてあってな。
①仮病診断書（医師から健康であるという診断書と引き換えが必要）
②暴言失言相談（マニュアルあり）
③揉み消し（案件により時価）
④苦情処理（大手通販電話およびネット対応経験者多数付けます）
「国会休んで隠れたい先生は前方のドアの前でお名前とご希望の番号を言ってください。複数でも構いません。議員登録を参照し、ご本人と確認されましたらドアが開きます」

で、「確認されました」と声がするや、前のドアでなくて床が開いて、

「あや〜〜〜〜〜〜〜〜〜〜〜っ‼」

と漆黒の穴へ落ち込んで、そのまま地獄へ延々と落ちて行くそうな。

悪いことは出来んものよな。そのビルへ入ったきり忽然と永田町から姿が消えたセンセイは数知れず。

………さぁて、次はどのセンセイが姿を消すかの？

若いもん「どのセンセイですか？」

新聞読め。

休みたいセンセ
よろず書類を
お作りします
お気軽に

蓄音器を知らない世代へ

芸人が時事ネタをやらなくなった。昔、四代目柳亭痴楽の枕にこんなのがあった。

「世の中に蓄音器というのが出ましてご家庭でもお楽しみが増えまして、かき氷の取っ手みたいなもんをぐるぐるぐる回して、まあるいお皿を乗せまして回り始めたところでデンデン虫のお化けみたいな針を乗っけますと東海林太郎の流行歌が、

♪銀杏～返しに～、黒繻子しゅすしゅすしゅすしゅすしゅすしゅすしゅす、蓄音器を軽くトンと叩きますてえと、

♪しゅす～か～けて～、泣いて～わかわかわかわかわかわかわか、トンと叩くと、わか～れた～、すみすみすみ～すみ～すみ～、トンと叩くと、♪だ～～が～～～わ～～～う～～～お～～～～～♪　と、歌がそれっきり止まっちゃって、二人は別れられなくなるのでございます」

若えもん「意味わかんないすね」

フン、蓄音器で音楽を掛けて、レコード盤に傷が入ってると針がおんなじ場所を繰り返しトレースする現象が起きて、しまいにゃ巻きが足りなくなって蓄音機が止まるまでを、時事を得意とした痴楽は忠実に再現して客を笑わせたのだ。CD世代にゃ分かるまい。

若えもん「今CD買わねっすよ。ネット配信の時代っす」

フン、時事は刻々と変わるんだ。その頃先端だったとしても、すぐに理解されなくなる。格子柄のジャケット着たニイチャンたちの歌だ。

♪最後のコインに祈りをこめてみんないDJ♪

……何のことか分かるか?

若えもん「ぜんぜん分かんないっす」

ふっふっふ、オレだって、「みんないDJ」と「めんないちどり」の違いが分からんかったんだ。

若えもんよ、時代は変わる。ともに闘おう!

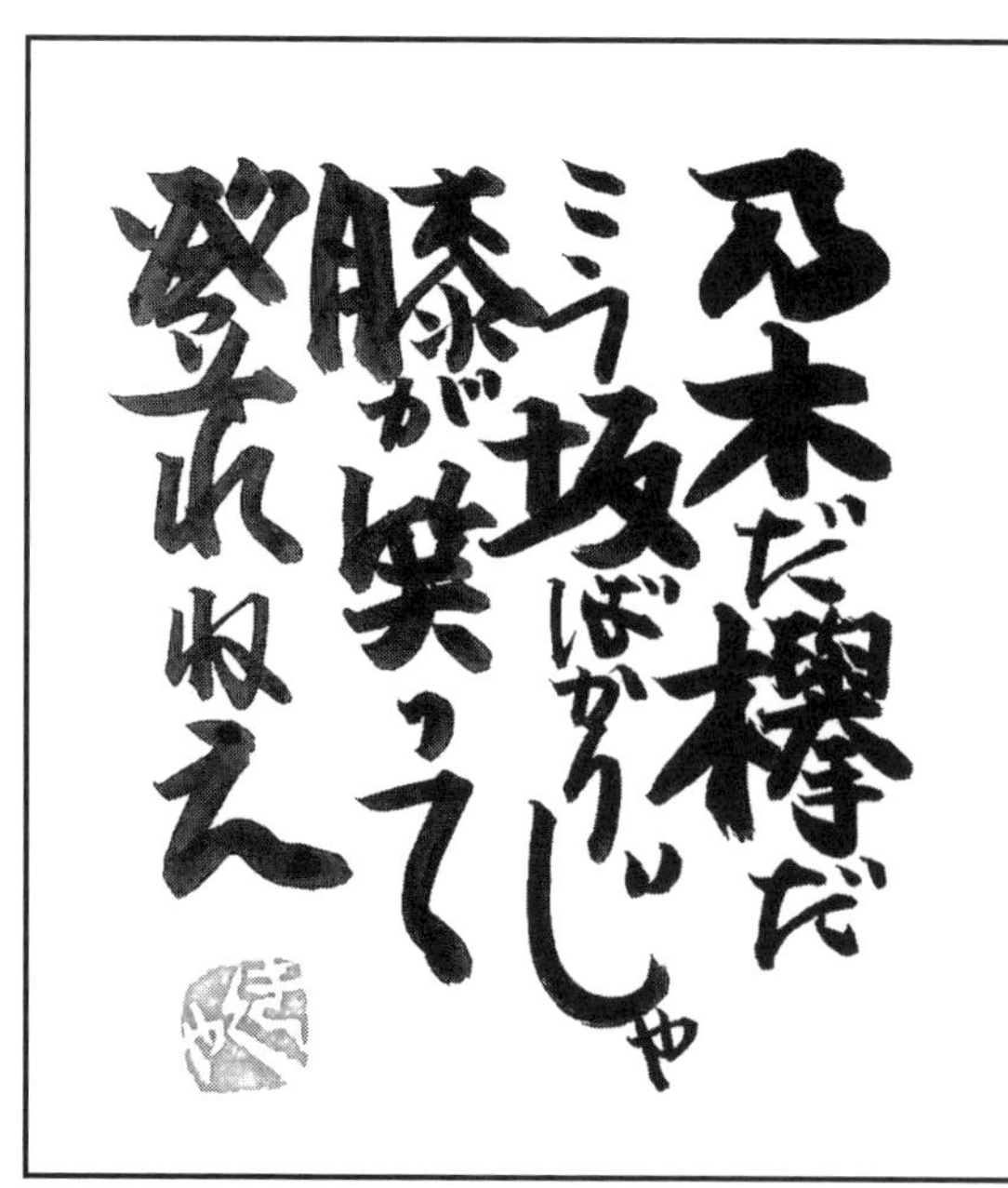

病名を知った日の衝撃

急な腹痛と吐き気で掛かりつけの病院へ駆け込んだら、イレウスと診断されて即二一号室に入院。鼻から胃へ管を通されて九日間。

担当の朗らかな看護師、

「点滴よし、血圧よし。お薬は？　あ、そうか、まだ絶食中でしたね。休み明け絶好調、今日も頑張ります！　あっはっは。ドラマで病室とかあるじゃないですか。最初のシーンってなぜか点滴ポタポタのアップから始まるんですよ。で、病室全体のシーンに変わりますよね。そうすっと点滴が落ちてなかったりするんですよ！」

やっぱ気になるかね？

「なりますよ非番の看護師としてはぁ。案外ドクターって気が付かないみたいです。あはは！」

ドクターは頭悪いんだ。

「そ〜れは言えませんけど」

言ってるじゃん。

「っていうか、全体を見てるんじゃないですか？　ぼ〜っと」

ぼ〜っと！

「あはは、今朝はおなら出ましたか？」

出ました。

「腸が動いてきたんですね、よかったよかった！　また来ま〜す」

ほっこりしたところへ入れ替わりに隣のベッドの明日手術という若い患者の所へ別の看護師、

「剃毛した？　見せて。恥ずかしくない。はい、剃り残しはＯＫ。手術後は、一晩ナースステーションのすぐ側の病室に入ってもらうから。もしものため」

（もしものためってナンだ！）

「翌日には歩いてもらうから。患部の癒着防止と、イレウスっていう腸閉塞、ま、糞詰まりの予防ね」

カーテン越し、隣で寝ているオレの本当の病名は「糞詰まり」！

ナースステーションの引き継ぎ、

「二一号室の糞詰まり、屁こきやがったわよ」

職場は病室
流れ作業で
つい出る言葉の
すげえこと

世界最高峰への限りなき挑戦

麓へ行くだけでえらいカネのかかるという南米で一番高いアコンどうたら山に登るのを断念したジイサマを、勇気ある撤退ってみんな褒め称えてるが、なんでそんなに持ち上げるんだ？　八六歳にもなってそろそろよしゃいいと思うのが普通だろ？

「シッ！　滅多なことを言ってはいけません」

だって五五〇〇ｍまでヘリコブタ乗ってよ、そっから四〇〇〇ｍ酸素吸いながらヨッコラヨッコラ、あれが登山と言うなら、あの世で植村直巳が怒るぜ。

「いやいや、あのお方は、お上の後ろ盾がある特別なお方とお考えになったほうがよろしいのです」

だって、財務大臣が口ひん曲げて、年寄りは早く死んでもらったほうがいいって言ってるぜ。

「それはそれ、これはこれです」

なんだそりゃ。年寄りはみんな年金を博打で摩られて明日をも知れんと嘆いてるってのに、なんだって八六歳のジジイひとりに、あれだけ気を遣うのか不思議だろ。

「ですから、あのお方は、そういう虐げられたお年寄りの、希望の光なのです」

なにが希望なもんか。南米まで大名旅行、若いもんに老体を担がせて、テレビカメラ引き連れて、そんなカネがあったら少しぐらい他の年寄りに回せってんだ。なあ、みんな？


……


あれえ？　どうしたんだよ、やだねどうも。ご同輩俯いちゃって、年金目減りする医療費は上がる、介護保険の自己負担は上がる、アコンどうたら単独登頂って、ん〜な寝言言ってねえで、身の程をわきまえろって、みんな本音はそうだろう？

「あのアコンカグア遠征は政府として一銭も協力しておりません。全部ご自分でスポンサー探しに汗をかき、資金をお集めになったのです」

だからっておめえ、見られたもんじゃなかっただろ。

「いいですか、ここだけの話です。いつもの閣内不一致。『人生一〇〇年、生涯現役』なんて思いつきで言っちゃったでしょお上が。だから今回アコンカグアに登頂できなくても、四年後にエベレストに登ると宣言されて、政府としては、諸手を挙げてバックアップします。だって、あと四年は人生一〇〇年、生涯現役！

というキャンペーンを張れるのです。お上の思惑が後ろにあるのです。あのお方はお元気でいてくださらなくてはならないのです」

どう考えたって無理だろ！

「で〜〜すからッ。お上としては、九〇歳でも体が動くンダ、さあサプリを飲んでまだまだ現役、と宣伝できるんです。お年寄りの星なんです」

好きでやってるとしか思えねえ。

「だ〜〜〜から ぁ！　医師団がお供して、酸素マスク、点滴、担架にお乗せしても、ダメならヘリにお乗せしてもエベレストの頂上にお連れするのです！」。

ジイサンよ、もうよしとけって言ってやれ！

「無理でもお連れするのです！

だ〜〜〜〜〜〜〜〜から ぁ！　もしも、たとえば皇居前でエッチラオッチラ歩行訓練しておられるのに出くわしても、無理すんなよジイサン、とか気軽に声を掛けてはなりません。あのお方、その随行者、および医師団がゆるゆる通り過ぎるまで、みんな息を殺してひれ伏すのです。よろしいですね！」

お犬さまじゃねえぞ。

「たとえエベレストから青息吐息、担架で担ぎ下ろされたとしても、次なる国民栄誉賞はあのお方に下しおかれましょう」

じゃ、万が一、まかり間違ってエベレスト登頂でもした日にゃ、どうなるってんでい！

「そらもう、全国の高齢者がこぞって、高齢者の光だ！　高齢化社会バンザイ！　みんな一〇〇まで働くぞ！　と気勢を上げながら、提灯行列をしていただきます！」

冗談じゃねえぞ！

「シ〜〜ッ！

　そんな身の程知らずなことを言ってごらんなさい。市中引き回しの上、年金没収。医療費全額負担の刑に処するものとする！

　これが、ご老中のお触書である！　そこな年寄り、頭が高い！　控えおろう！」

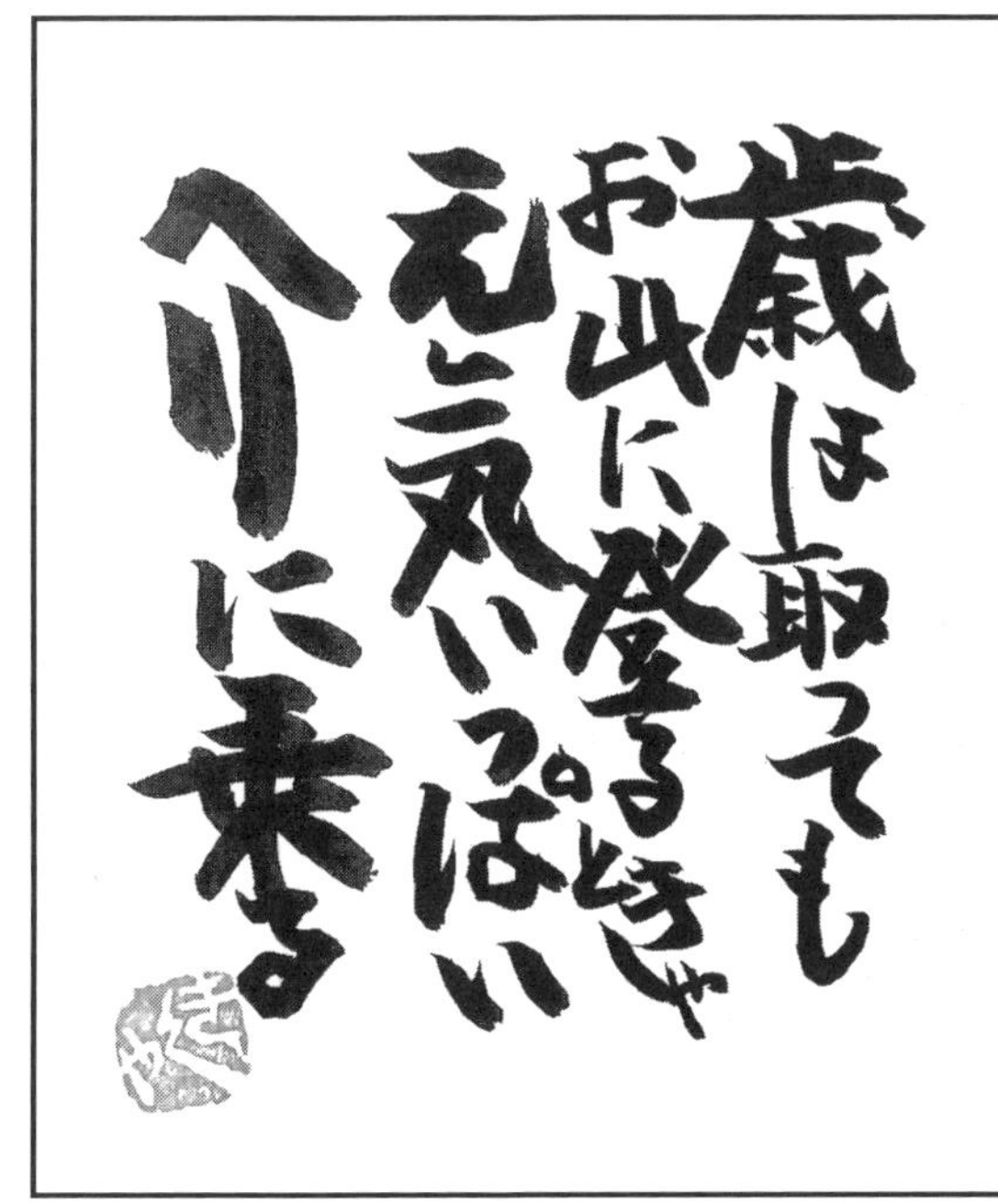

自分が株主かどうか知らない株主

「あなたは投資について興味がありますか？」

ない。

「あなたは投資信託について興味がありますか？」

ない。

「ほにゃもにゃ銀行では簡単に始められる投資信託をご提案していますが、ご存知でしたか？」

知らない。

「ほにゃもにゃ銀行の投資信託は業界トップの業績があると言うことをご存知でしたか？」

知らない。

「ほにゃもにゃ銀行ではただいま高利回りの投資信託商品をお始めの皆さまに様々な特典をご用意していますが、ご興味はございますか？」

ない。

「これからも投資信託について新しいサービス、情報などを知りたいとお思いですか？」

思わない。

「ありがとうございました。二ポイント獲得されました」

うそ！　おまえんとこに何のメリットもないやつだと分かったのに、なんでアンケートに答えただけで二ポイントくれるんだ？

ため息が出るね。ネットでここまでやって客を集める時代だぞ。

翻ってどうだ。わざわざガッコの講堂に出掛けて、引換券と投票用紙を交換して、ジトっと監視されながら、さて、ピンからキリまでの候補者から、己がために仕事をしてくれるかもしれない候補者の名前をエンピツなめなめ書くなんて、誰がするものか。なあ？

今選挙に行くってことは、

「目立ちたがりで、部下の手柄を自分の手柄にし、自分に都合のいいように儲けを改ざんし、重役クラスは不祥事続きでどんどん首を挿げ替え、大部分の社員を四年以内に平気でクビにする会社の株主総会に出ませんか」って、自分が株主かどうかも知らねえやつに声をかけるようなもんだぞ？

一ポイントだって
もらえませんよ
投票に行こうが
行くまいが

三大慣用句

同じ言葉を使って知らん顔するやつが次から次へと辞任する。辞任の弁あれこれ。

「国会の審議に影響が出るとすれば、遺憾」

「誤解されたとすれば、遺憾」

誤解。自分は正しいことを言ったのだが、誤解（誤った解釈を）したのは、国民であって私ではない。

「不快な気分になった人がいるとすれば、遺憾」

「〜とすれば」ってのは仮定の話であって、実際ではない。

「世の中広いから、中にゃそういうアホが、もし、いるとすれば」

あくまで仮定の話なのだ。

そして揃いも揃って「遺憾」。

「遺憾」とは「思い通りにならなくて残念だ」という意味だが、「謝罪する」とは言っていない。

上からねめ回し、押さえつけ、都合よく自分だけが正しいと思う輩が、上層部のふたを開けると、まるでロシア土産のマトリョーシカ人形のようにどんどん同じ形で増殖している。小さい会社でトップがこれなら即倒産するだろうが、政府とか省庁とか巨大放送局とかじゃ、しぶしぶながら部下が皆付き従う。

輩が使う慣用句に「遺憾」と並んで、

「じくじたる思い」

「慚愧に堪えない」

権力者の使いたがる三大慣用句とわたくしは呼んでいる。一、二、三と進むにしたがって使い方が難しくなる。

「じくじたる思い」とは「ひどく残念で持って行き場のない思い」ということなのだが、やはり「謝罪する」の意味は入らない。

「慚愧に堪えない」ともなると「やっちまったことを恥ずかしく思うこと」とや や反省の風は現れるが、あくまで「そういう事態に至ったことを自分としては恥ずかしく思う」というニュアンスで、自ら率先して「謝罪する」の意味が入らないように、微妙に主語や対象を限定して使う。

安倍総理は第一次内閣当時、松岡利勝農水大臣の弔いに「慚愧に堪えない」と使ってしまったが、それは「こういう人を大臣に任命したことを恥ずかしく思うということか？」と追及されたこともあった。

いずれにせよ、あまり意味が分からずに使っているらしい。一般人じゃ滅多に使わない難しい言葉を、政治家として日常的に使っていることを自慢しているのだろうが、謝罪が伴わないからちっともこちら側の心に響かない。

最近は三大慣用句にもうひとつプラスしたのが、「そんたくする」。意味は「相手の気持ちを推し量る」。謙譲の響きを持つ言葉だ。

安倍総理は、これへ「いちいち」をくっつけて、「テロリストの気持ちをいちいちそんたくしていては意味がない」と委員会答弁した。彼らへわざわざ謙譲のニュアンスを入れる筋合いはないと強調したかったと見える。本当に相手の気持ちを推し量ることをしない人間が使うと嫌味に聞こえる。

いずれにせよ「遺憾」に始まる慣用句ばかりで謝罪をしない輩に国や組織の舵を握らせちゃ遺憾、否、いかん！　絶対にいかん！

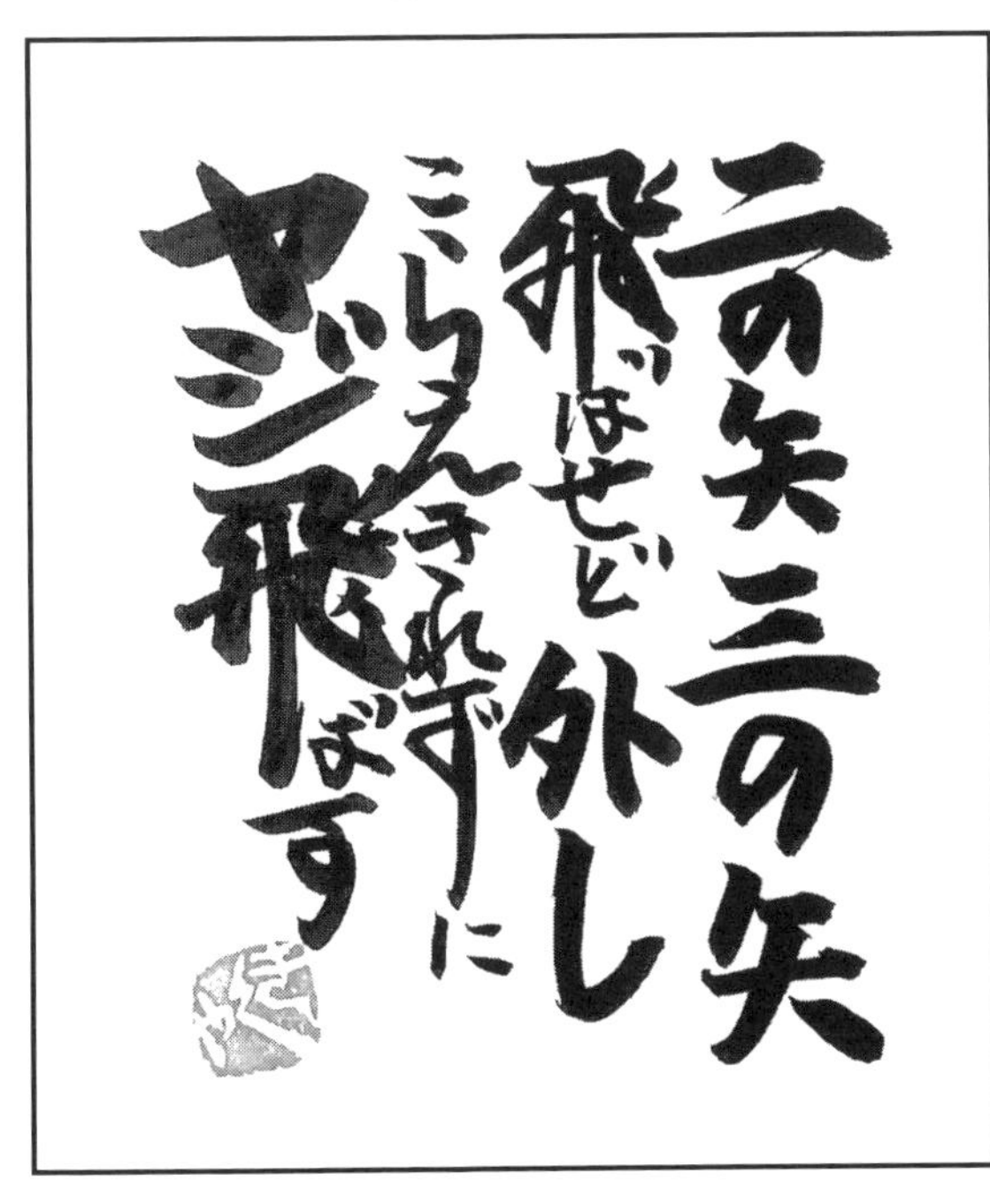

逆立ちは体に悪いと孫に教える
じーちゃんはさー
サメの成分とかスッポンのエキスとかいっぱい注文するけど
お金はどっから出てるの
ぎくう
それはそのもらってる少ない年金の中から
身体にいいものを厳選してその…な
ふーんっ
でもダマされたとか言ってとっかえひっかえじゃん
じーちゃんは若い頃からそのテのモンに弱かったんじゃ
ずーんっ
頭に巻けば成績が上がるベルト
SUPER スーパー B
君は頭が良くなる
成せきもグンと上ります
先生もおどろく
こめかみに塗ると眠気スッキリ勉強が進むクリーム付き
さっそく注文頭にまいた
昔の少年漫画雑誌・少年○報の広告に出てた
わくわく
で頭良くなったの?
クリームはスースーしたけどベルトは頭が痛くなっただけ
とほとほ
とほとほ

先週は小さい文字が大きく見えるメガネで
椅子に座っても壊れないっての買って椅子に座って壊してた
キャっ
こそこそ
思い立ったら失敗を恐れずにやってみようという事を君に教え…う〜あ〜
あのさあ
この大谷せんしゅみたいにグングン背が伸びるサポーターっての欲しいんだけど
ぐんぐん伸びる
止めとけ……
ワシの二の舞じゃ
でもさぁいずれメジャーに行きたいから毎日筋トレしてるよ
サカダチとか出来るよ
じーちゃん出来る?
サカダチ
酒断ち
無理
サカダチは身体のバランスが良くなって丈夫になるんだって
ごごごご
そんな事する位ならじいちゃん死んだほうがマシだ
がりがりがり
ボクやってるよ
未成年にサカダチのツラさがわかってたまるかーっ!
うわぁん
酒断ち(サカダ)だけはしてはならねえ天地が逆になろうとも

マジいろいろ

某ネットショップから、

「終了まじか！　福岡ソフトバンクホークス日本一セールまもなく終了」

というお知らせメールが来た。「間近」と書きたかったのだろうと推察するのに、ちょっとだけ時間がかかった。


間近は「まぢか」と打ち込まなければワープロも正しく変換しない。店員兼店長兼社長兼オーナー兼ＣＥＯかしらんこの担当者、「まじか」と打ち込んで変換するが、あまたの変換候補の中から「間近」という漢字が出てこないのに辟易して、ひらがなのままでいいか、と早々に諦めたのだと思う。


それで、福岡ソフトバンクホークス優勝セールが終了するなんて、マジか？と一部ネットの顧客が誤解する文を書いて寄越したのだろう。正しくはね。誤解なんぞしておらんのであって、そう解させたおまえが間違っておるんだがね。

「まじか！」を辞書編集するとすれば、「マジか？」「それって真面目に言ってるんですか？」やや意地悪さと疑いを含んで「冗談でしょ？」の気分もある芸人や役者の楽屋符丁として使われた俗用語。

今やそこらのガキでも学生でも社会人でも何のわだかまりもなく使い、上司に向かって部下が「マジすか？」と返すなどどうってこたぁない普通の遣り取りで、中には大切な取引先から直に「おたくに決めましたよ」と言われて「マジかよ！」と応えて取引そのものがおじゃんになった例もある。

古臭い。「おじゃんになる」と言って意味が分かる若者はいない。万が一「古典落語『火炎太鼓』の落ちですね、それ？」などと反応する若い奴がいたとしても、「頭ツンツンの金髪野郎がおじゃんの意味を知った風に言うんじゃねえ！」と切って捨てて、関係はおじゃんになるがオチ。

しかし、「まじ」を国語辞典で引いても出て来るのは、打消し推量の助動詞「まじ」。「ラ行変格活用の動詞に続けて「あるまじ」と使うと「あっちゃならねえ」。現代でも「国会議員にあるまじき行為」は「国会議員がやっちゃならねえとんでもねえ行為」と使う。

選挙区でお祭りだというので自分の似顔絵を印刷したうちわを配ったのは公職選挙法に違反するかもしれぬという認識もなく、あわててうちわのような形をしているが討議資料として一年間に成立した法律の内容などを印刷して配ったもので、有価物である物品ではないと釈明して逃げるとは、「国会議員としてはもとより現職の法務大臣にあるまじき行為」、差別的な言動で問題の多い団体の幹部と笑顔で写真に写るとは、「国会議員としてはもとより現職の総務大臣にあるまじき行為」と使う。

もっと言えば、強い打消し「決して〜てはなるまいぞ」。

「重箱の隅をつつくような質問ばかりしやがって、ほんっと蓮舫っていやな女だわよ。せっかく法務大臣を射止めたんだから、この権限は誰が何と言おうと二度と放すまじ！」

とも使う。

「まじかよマツザキ？」と言われりゃ「失脚も間近だろね」と返してやろう。

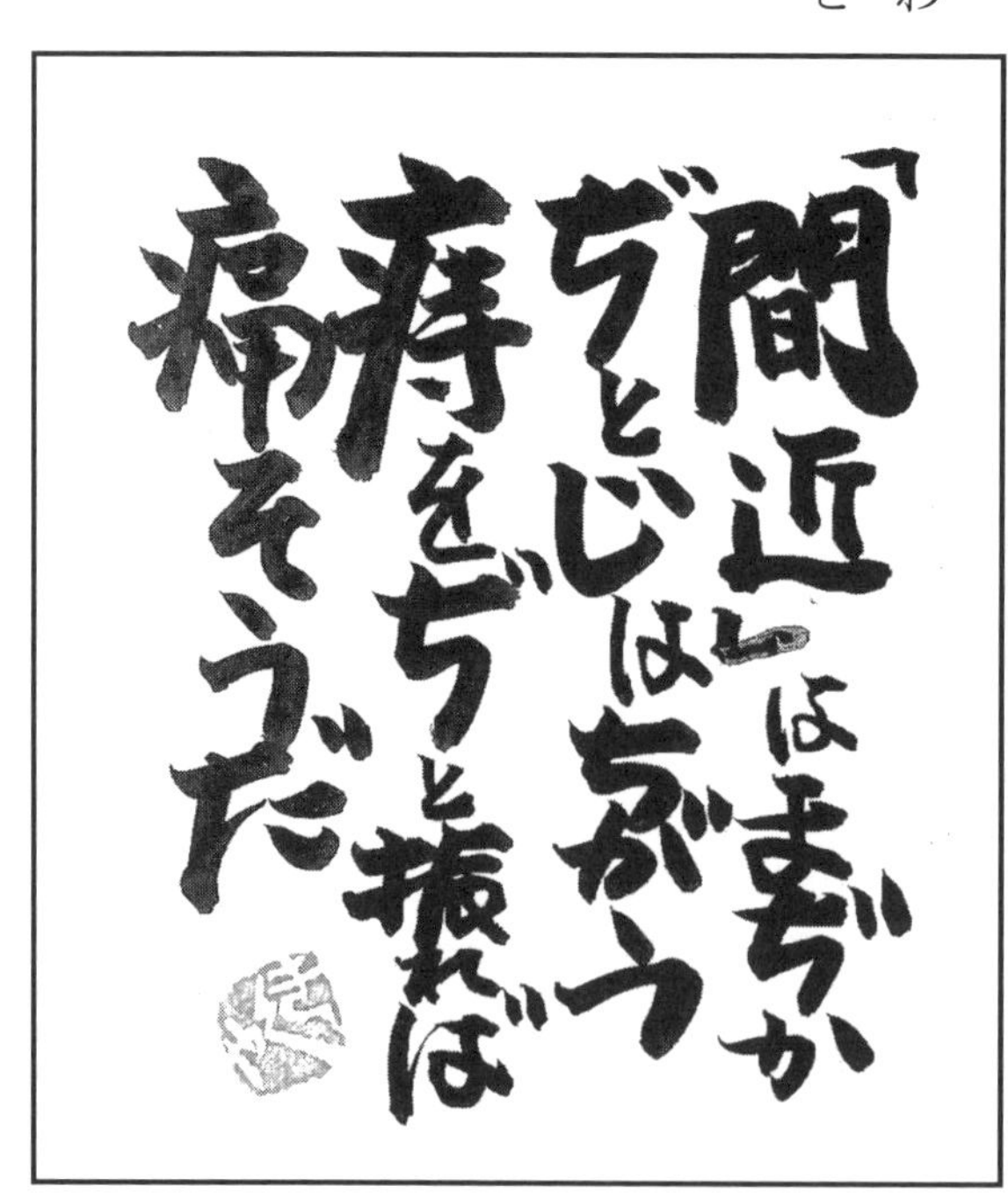

はがき買ってください

郵便局員が年賀はがき販売のノルマを課せられて街を売り歩いてるらしい。小泉純一郎が一点突破した郵政民営化以来、日本郵政は元来に増して現金で収益が見込める年賀はがきの売り上げに頼る方針となったのだという。ノルマを達成しなければ上司からさまざまなペナルティーが課せられる。

配達の合間に買ってもらうが、ひとり四〇〇〇枚ものノルマを捌き切れず、東京の金券ショップなどに買い取ってもらって差額の損益は自腹を切って埋める。これを「自爆営業」と呼ぶらしい。裏側にたくさんの辛苦を秘めた自虐的な符丁が悲しい。

年の瀬に重い荷を背負って「年賀はがき買ってください」と街を回らなければならない配達員の苦労をしのぶ。

総理が自動運転の試作車に乗って目が引きつりつつも「日本の技術は世界最高であると、あぁためて感じていゆとこぉで、ごじゃます」などと舌足らずで自画自賛する同じ国の寒空に、童話「はがき売りのおにいさん」

寒風吹きすさぶ雑踏に、

「年賀はがき買ってください。(ビュンとひと風吹く) お〜寒い。年始のご挨拶にいかがでしょうか？ お年玉の抽選番号付き、日本郵政が発行した正規のはがきです。一等景品が海外旅行ペアでご招待。すごいでしょ？ すごくない？」

すれ違う若い勤め人が呟いた。

「一等にしちゃセコい景品だよな」

「よく分かります！ でも、お年玉ですから許してください。ノルマなんです買ってください。二等は27型4Kテレビかノートパソコンです！ すごいでしょ？すごくない？」

道往く学生らしきカップルがすれ違いざまに言う。

「スマホ持ち歩く時代だからサァ。テレビとか観ないシ」

「そうですよね。そうですそうです。でも、でも切手シートなら当たる確率高いです！ 買って下さい、奥様いかが？」

中年の女性が言う。

「最近目が遠くなって、年賀はがき、切手シートの当たり番号を一枚一枚めくって見るのも億劫になっちゃってサ。ごめんね、よしとくわ」

「じゃ、じゃ、じゃ、一枚八四円のところ消費増税前の八二円におまけします。あとは自腹を切りますから。四〇〇〇枚のノルマを達成しないと上司に叱られるんです。クビがかかってるんです、はがき買ってくださいお願いします！」

キャリーオーバーしたサッカーロトの一等賞金が一〇億円を超える時代、景品で釣れというわけじゃないが、「お年玉だからこんなもんだろう」という日本郵政の本音が見える。

配達員さん、あ、そのストレスもあって、別商品でズルしたんかい？　冗談じゃねえ、何やってんだ、おめえの親方を出せ。親方ぁ誰だ！

配達員「日の丸です」

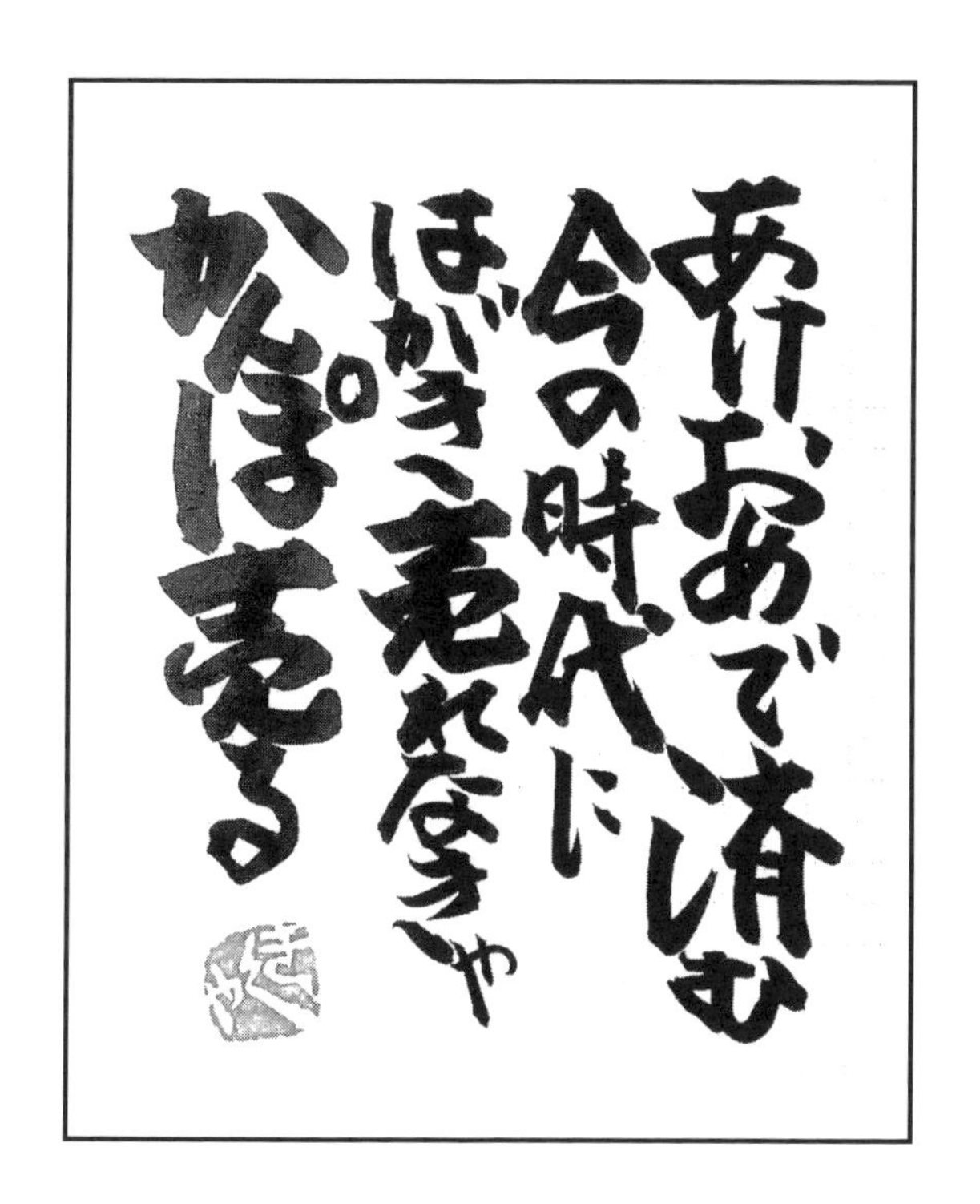

かじかむ手に敬意を表して

あちこちのコンビニが終夜営業をやめているご時世に、ここは頑張っていると
いうコンビニのレジの兄ちゃんへ。

今年もご苦労だな。クリスマスケーキの予約かい？

「はい、今年はイチゴケーキです」

うちゃ仏教徒だからな。

「おせちのご予約も承っております」

ってことは、正月は休みか？

「元旦から通常営業です」

食品棚にゃ、ごまめ黒豆きんとん伊達巻並ぶんだろ？

「いろいろ、はい」

じゃ、おせちの予約取るこたぁねえと思うがな。

「ま、お正月ですから」

キミとは馴染みだから言っとく。おせちというのは、正月ぐらいは休むから、

日持ちのするものを晦日までにこしらえる保存食だ。

「そう、なんですか？」

矛盾を感じないか？

「たしかに」

（小声で）キミは去年一二月二五日の夜、えらいさぶ〜いのに、夜中まで外で、サンタクロースの格好して、売れ残りのケーキを売らされてた。かじかむ両手を揉みながら。

「（小声で）仕事ですから」

売れ残ったケーキはどうなる？

「（小声で）帰って食えって、二つもらいました」

帰って一人で食うのか？

「二月なんか、売れ残った恵方巻、一人五本半額で買い取って持って帰ります。夜中にどっか西の方とか向いてかぶりつくといいことあるって」

で、いいことあったか？

「喉詰まって涙出ました」

……そうか。

クリスマスケーキって日持ちするのか？

「たぶん二日ぐらいは」

中性脂肪が気になるが、キミの仕事ぶりに敬意を表して、一つ予約しようと思う。

「ありがとうございます。(小声で) 一二月二五日の夜中、イチゴのケーキ半額になりますんで、お待ちしてます」

あ、ありがとうございまっす。

イチゴ一会の半額ケーキ お役に立ちたい 売れ残り

大部屋は人生のるつぼ

映画「男はつらいよ！」で、肺を患って沖縄で入院したリリーを大慌てで見舞いに行った寅次郎が、小さな病院の大部屋入院患者を笑わせて人気者になってしまうシーンがあった。

寅次郎の決め台詞、「みんな笑ったかい？　そいつはよかった。きょうはこのぐらいにしといてやるか」それを聞いて患者たちは明日また寅さんが来てくれるに違いないと幸せな気分になったのだった。

何度か入院経験があるが、最初のうちは大部屋での人間関係が楽しかった。こちらは尿路結石の痛みがない日は暇を持て余す。各大部屋を渡り歩き、点滴のスタンドをゴロゴロ押しながら、馴染みになった患者さんに声をかけて歩く。

「今日はどう？」

「随分気分がいいです」

「そりゃよかった。退院も早いかもしれないっすね？　困ったことがあったら何でも言ってよ、カネ以外」

わははと笑われて、少しいい気分になり、その後に続く寅次郎の「今日はこれぐらいにしといてやるか」をぐっと呑み込む。

寅さんは遠い幻。金と力を持つやつだけが肩を聳やかす、やな時代となり果てた。

だから大部屋の感覚も余所余所しい。戦後を築き上げたジジババからも平然と医療費をむしり取り、堂々と医療格差を認める時代。それが当然だと国は言う。

金のあるやつは広大な個室を独り占めして、「いてえよいてえよなんとかしろバカ！」と叫び続け、金の無いやつは一様にカーテンを閉め切って、家族とカサコソ息声で打ち合わせている。人間関係をこしらえる前に、みんなサラサラと入院して来て、サラサラと退院して行く。

若いやつはおらず、たまーに廊下ですれ違うが、個室に爺ちゃんを見舞いに来たんだろう。スマホいじり続けで爺ちゃんどころではない。肺を患うのは年寄りばかり。いいか若いの。死にたくなかったら今のうちにタバコやめろ！　思うが言う気も仕舞い込んで、オレも静かにしている。

少し前に、友人が入院したとき、大部屋で身体は動くが意識がはっきりしない人の独り言に、身体は動かないけど意識ははっきりしている人が答えていたそうだ。何となく話が通じていたのがおかしかったと。どこに居てもどんな時でも楽しんだ者勝ちだと。けだし！　その友人は元気になった。

よ～く耳を澄ますと聞こえて来る、その人の人生を咀嚼すると楽しい。

入院して来たジイサマ、片っ端から看護師へ自作の川柳を聞かせる。

「入院も美人に震える不整脈」どうだい！

そのジイサマもカテーテル検査の後でグッタリしている。

消灯後、筋向いのベッドのジイサマがつぶやいた。

「オレのデイジーが今夜は休みらしいから、代わりにアンナが来るってよ。それにしても、こんなに暗くっちゃアンナの顔が分らねえな」

「アンナって子、どんな子だっけ？」

「どんな子って、アンナって子は、こんな子だ」

おやすみ。

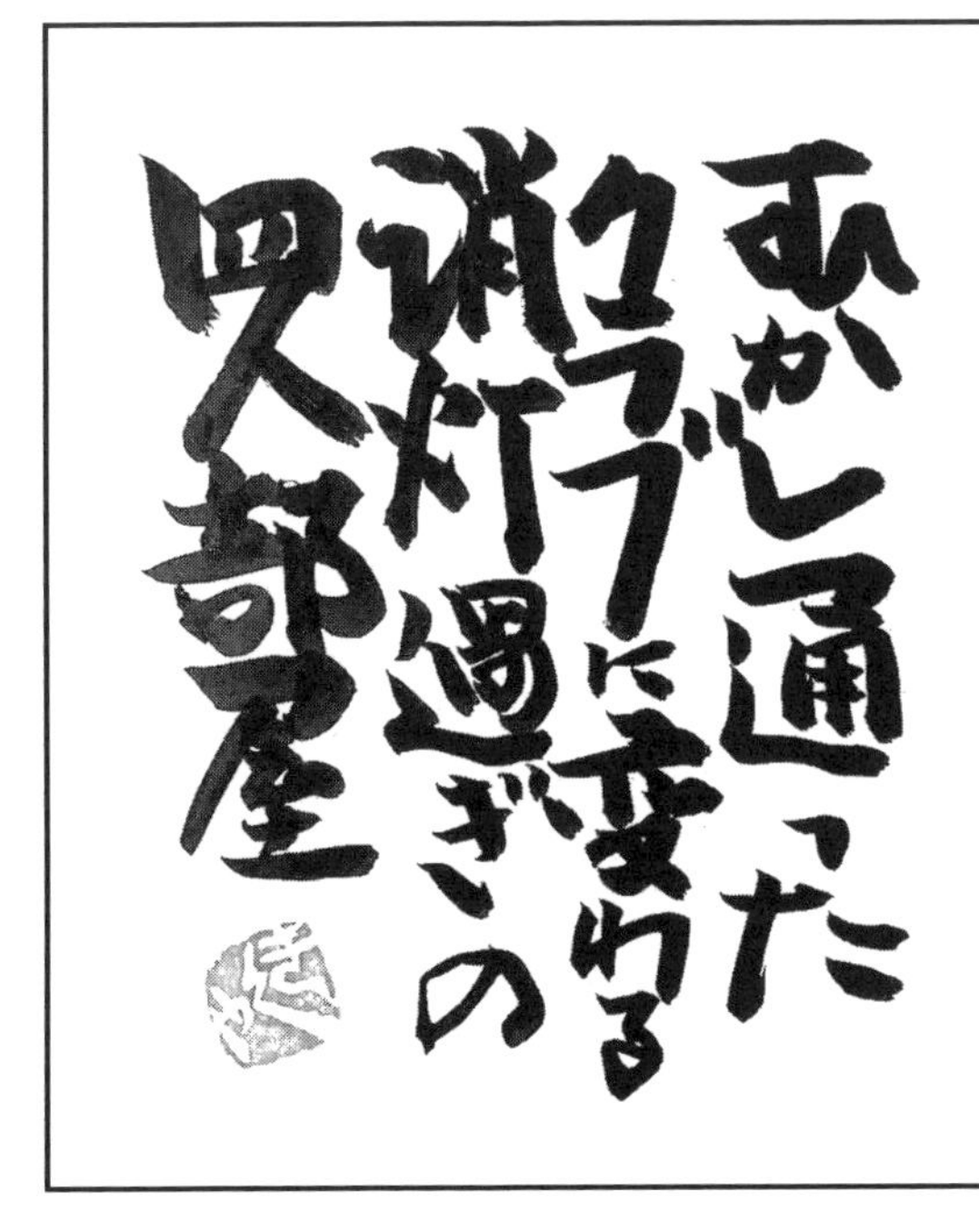

え〜っと、わかるかな？

「そろそろ年齢が年齢ですし」

と主治医に言われて、大腸内視鏡検査というのをやってきた。磁気コード付きの診察券を機械に差し込むと、「本日、大腸内視鏡検査、午後一時、三階検査室、予約済み」と出て、ＯＫを押してくださいでＯＫを押すと、ペラペラの紙に印字された受付票がぺ〜〜〜ッと出て来て、これを受付カウンターに出すのだ。

事務のおねえさんが、「お名前と生年月日をどうぞ」と言うから「マツザキ、キ」と芸名を言いそうになって少し躓いたところへおねえさん、

「お・な・ま・えは？　マツザキさん、は〜い、おくすりのんだ？　便は、透明になったぁ？　じゃね、お名前お呼びしますからぁ、あちらのベンチに座って待っててください〜」

こうなったらこっちもてんでくたびれ果てて、ひょろひょろと足下おぼつかなく、大きな声で「はい、わかりました〜」と声を震わして「どっこらしょ！」とベンチへ。

筋萎縮性側索硬化症の人に、まるで赤ん坊に接するように「え〜っと、わかるかなぁ？」と声を掛けて、キーボード付きの車椅子からサクサクした電子音で「わたしは赤ん坊じゃありませんので普通に話しかけていただけると嬉しいです」と答えられて絶句する健常者。

医療従事者がその塩梅をわきまえぬらしいからしっかり教えて差し上げなくてはならない。

突然すっくと立ち上がってスタスタおねえさんに近寄り、

「順番が来るまでの待ち時間を利用して今一度厠へ参りたいと思うがその暇はあるかなそれとも無いかなあなたの判断を伺いたい！」

おねえさん「はじゃじゃけ〜」とベロを噛みつつ「あ、どうぞ、あ、あ、あ、え〜っとカワヤって？」

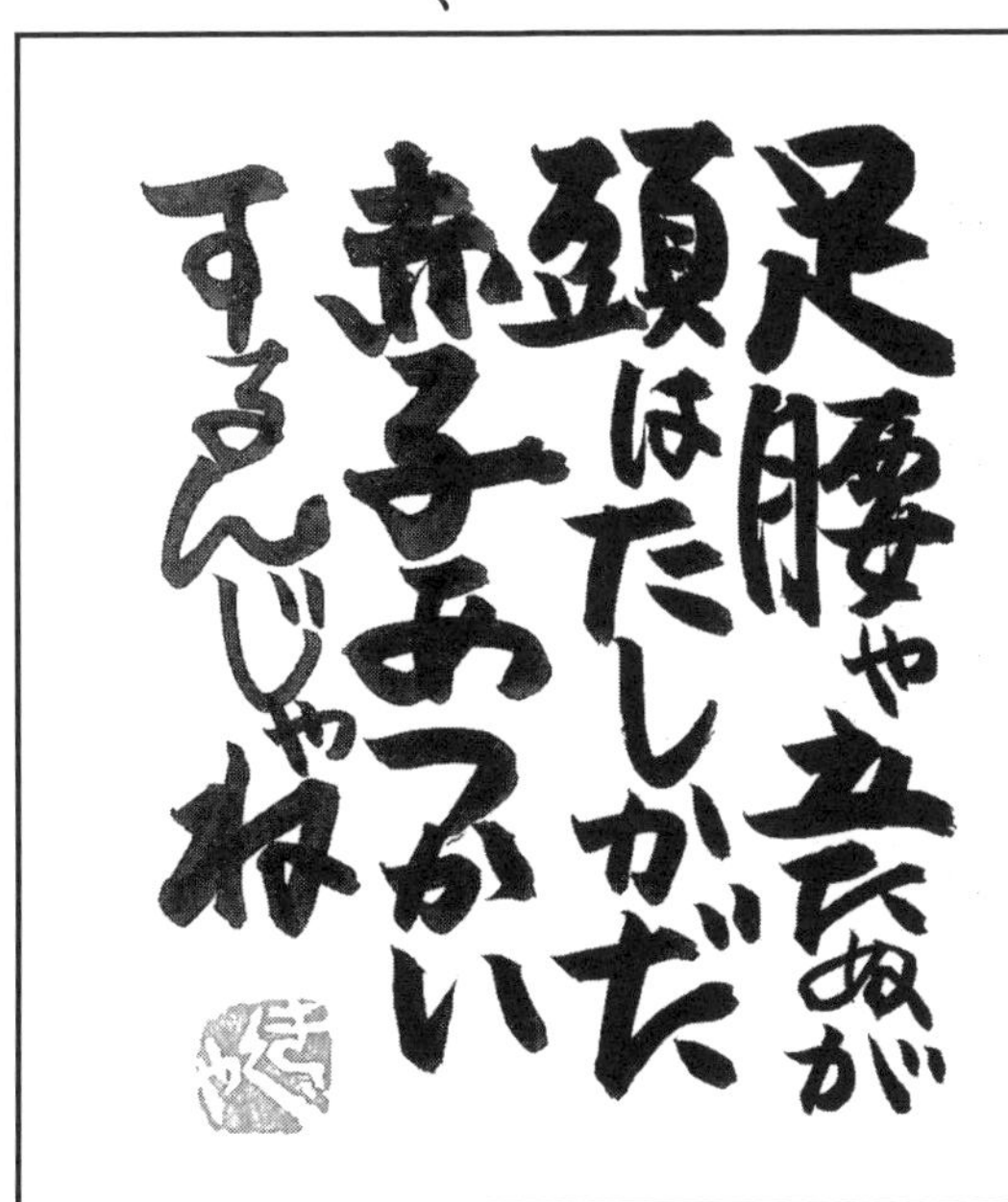

とりあえず身体に良いことを始める

力こぶを作ってみたら、膨らむには膨らむが、ぐにゃぐにゃと柔らかい。これではいかんと思って、とりあえず腕立て伏せをやろうとしたら、五回でへばる。これではいかんと思ってとりあえず翌日一〇回に増やしたら手首が痛くなった。腕立て伏せは手首が治ってから始めよう。

風呂に入るときに鏡を見たら、腹筋というものが見当たらない。これではいかんと思って、とりあえず巻くだけで腹の脂肪が取れて腹筋が鍛えられるってやつに走ろうとも思ったが、それでは安直すぎると思い、とりあえず腹筋運動をやろうとしたら三回でへばる。これではいかんと思って翌日とりあえず五回に増やしたら腰がグキっとなった。腹筋は腰が治ってから始めよう。

最近歩かなくなったと思ってたらテレビでスクワットを二〇回やって牛乳を二〇〇cc飲んでカルシウムを補給すると骨粗鬆症にならずに済むと言っていたので、とりあえずスクワットをやろうとしたら一〇回で膝が笑う。これではいかんと思いつつ、しかし一〇回はやったのだから冷たい牛乳を半分、一〇〇cc飲んだら翌朝腹をくだした。スクワットはくだし腹が治ったら始めよう。

　そうこうするうちに、手首も腰も腹具合もわりとよくなったので、さて………どうするかな、と新聞を読めば、介護保険の自己負担額が増えるかもしれないと書いてあった。これではいかんと思って、とりあえず今のうちから体力を付けておこうと、さて、腕立て伏せからやろうとしたら、また手首が痛くなりそうなのでやめた。

　こんな感じで冬になりそうなので、とりあえず動かずにじっと辛抱して、来年の春、暖かくなったらバリバリ始めようと思う。よしよし。

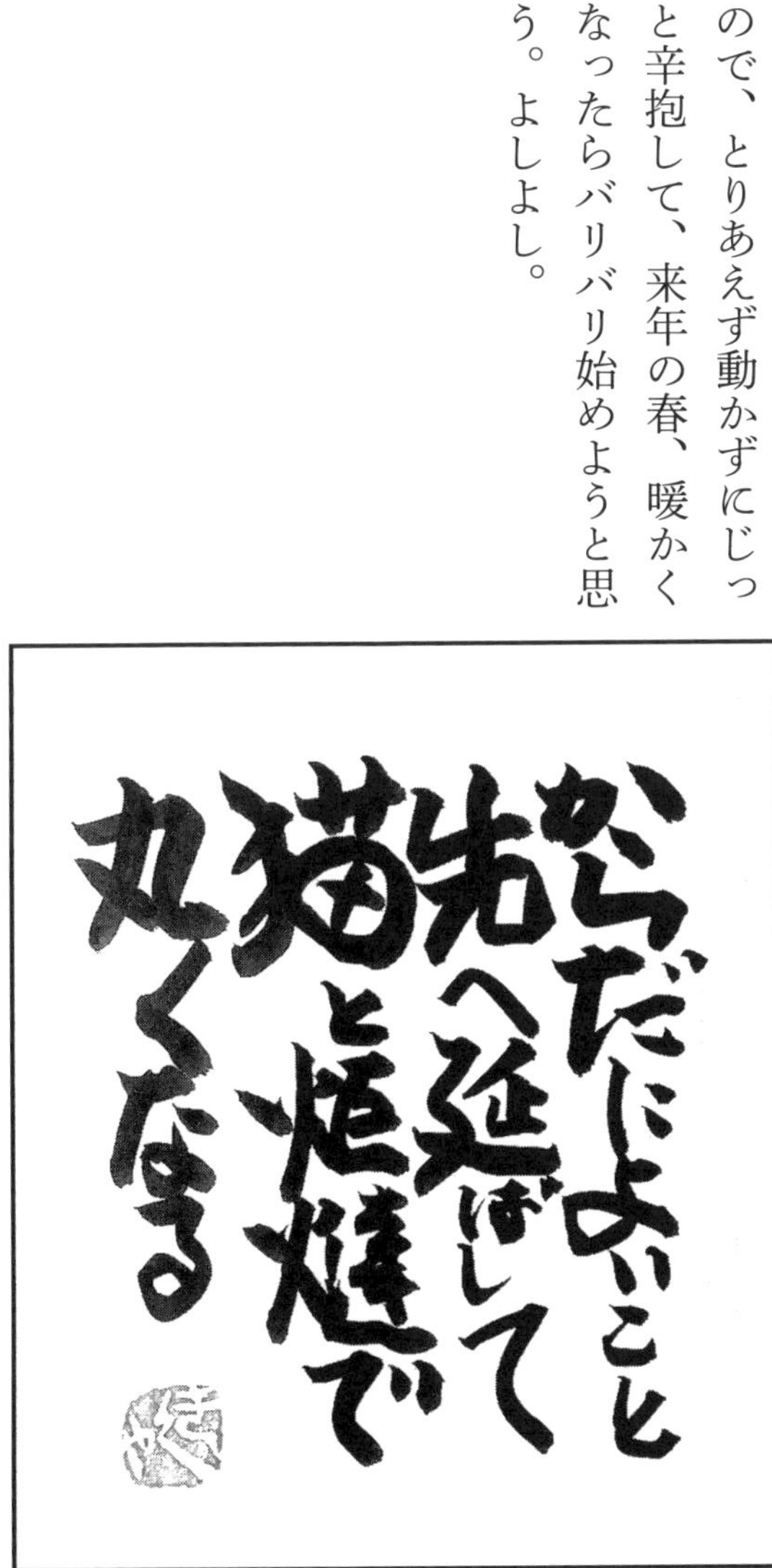

松崎菊也（まつざき・きくや）

1953年大分県別府市生まれ。日本大学芸術学部放送学科卒業。

劇団民芸を経て、コント作家。1988年に社会派コントグループ「ザ・ニュースペーパー」の結成に参加、リーダー兼脚本家として活動した。

結成10年を機に独立、ラジオのパーソナリティーや「戯作者」として政治風刺コントを執筆、自身も一人芝居の爆笑講演会を展開している。

著書に『コメディアン』（実業之日本社）、『松崎菊也のひとり天誅！』（毎日新聞社）、『松崎菊也の世間風刺読本』（本の泉社）、『松崎菊也のあの人の独り言』（小学館）など。

ワタナベ ヒロユキ
宮城県穀倉地帯出身の昭和世代。アニメと少女漫画と映画を栄養素にして育つ。
大学在籍時に、望月三起也先生に師事。渡りのアシスタント暮らしを経て某月刊漫画誌でデビュー。その後は業界紙や組合誌を主な舞台に、イラストやカット、漫画の仕事をしている。著作は数冊あるも、すべて廃版。

ジジイの言い分

2019年12月21日　第一刷発行

著　者　松崎菊也／ワタナベ ヒロユキ
発行者　新船海三郎
発行所　株式会社 本の泉社
〒113-0033
東京都文京区本郷2-25-6
Tel 03(5800)8494　FAX 03(5800)5353

印　刷　新日本印刷（株）
製　本　（株）村上製本所

© 2019 Kikuya MATSUZAKI ／ Hiroyuki WATANABE
ISBN 978-4-7807-1953-6 C0036 Printed in Japan

定価はカバーに表示してあります。

造本には十分注意しておりますが、頁順序の間違いや抜け落ちなどがありましたら小社宛お送りください。小社負担でお取り替えいたします。

本書の無断複写・複製は著作権法上の例外を除き禁じられています。読者本人による以外のデジタル化はいかなる場合も認められていませんのでご注意下さい。